本书系文成县2019年度重点题材（活动）资助项目

文成文学

（2020卷）

雷克丑　周玉潭　主编

黄河出版传媒集团

阳光出版社

图书在版编目（CIP）数据

文成文学. 2020卷 / 雷克丑，周玉潭主编. —— 银川:
阳光出版社, 2020.7
ISBN 978-7-5525-5390-1

Ⅰ.①文… Ⅱ.①雷… ②周… Ⅲ.①中国文学－当
代文学－作品综合集－文成县 Ⅳ.①I218.554

中国版本图书馆CIP数据核字(2020)第126497号

文成文学（2020卷）

雷克丑　周玉潭　主编

责任编辑　申　佳
封面设计　赵　倩
责任印制　岳建宁

黄河出版传媒集团
阳　光　出　版　社　出版发行

出 版 人　薛文斌
地　　址　宁夏银川市北京东路139号出版大厦（750001）
网　　址　http://www.ygchbs.com
网上书店　http://shop129132959.taobao.com
电子信箱　yangguangchubanshe@163.com
邮购电话　0951-5014139
经　　销　全国新华书店
印刷装订　宁夏凤鸣彩印广告有限公司
印刷委托书号　（宁）0017945

开　　本　720 mm×980 mm　1/16
印　　张　14.25
字　　数　180千字
版　　次　2020年7月第1版
印　　次　2020年7月第1次印刷
书　　号　ISBN 978-7-5525-5390-1
定　　价　58.00元

序

形象的见地

仿佛有过长久的等待，记忆中似乎没见过你的容颜。蓦然在夏日的一个晚上，你扑面而来，让我有着重逢般的喜悦。

这是一本综合性的文学集。四十位作者，六篇小说、十八篇散文、三十一首现代诗歌、二十八首古体诗词，集成《文成文学（2020卷）》。它是文成文学的一次全新展示，也是对文成文学队伍的一次全新展示。

文成在他乡人的眼中，不过是个偏居浙南一隅、历史短暂的小县，但却有着其不曾随风云流水席卷而去的独特记忆。生于斯长于斯的我们，自然而然地把目光投注在这片孕育了明初诗文三大家之一的刘基的土地上。《文成文学（2020卷）》在一定程度上实现了对文成的历史和文化、人文胜迹和先贤遗址的一次巡视与考察，一定程度上以历史视野、人文眼光发现或重现了一个个人和物的文化意义。它是本土作者对文成历史和文化的一场深耕细作，是献给文成人民的一曲深情的颂歌。

文成是个传统的乡村社会。《文成文学（2020卷）》大部分的小说、散文、诗歌是写乡村的。《我是爱你的一个傻子，包山底》《朗月》《麦芒之刺》等抒发的是对家乡、对土地、对农民的赤子之爱；《老街记忆》《家乡杂忆》《藏在古树群里的村庄》等写出农民的善良、勤劳以及传统意义上田园牧歌式的村庄的宁静、美丽；《阿双的婆婆》《出逃》《山里山外》等描述在新的历史条件下，人的思想观念、行为的冲突与变化；《老家成空村有感》《大山里的留守老农》《一个人的日子》《骨鲠在喉的老家》《老屋》等倾诉了城市化进程中，对逝去的乡村文明的迷惘和无奈；《淡垟怀古》《武阳的天空》则清晰地呈现了这片土地上先贤刘基的人生履历，使人为之感动。

从《文成文学（2020卷）》中，我看到了文成作家群的文化视野和思想高度，看到了他们对人的情感、精神的关怀。

我们饱含深情地凝视着文成这个乡村世界的人和事、景与物。我们的凝视快乐而忧伤，那些动人的图景，田野村庄、老街老屋、外公外婆……文成作家群笔下的那些场景亲切而让人怀念。

我阅读《文成文学（2020卷）》这个集子时，有好多句子或诗文在我的眼中停留：

"对于已经不太注重内心的人们来说，文字是没有一点效果的。"

"祖父榨下腊籽的油，煮了一锅菜头丝饭。"

"刘基从投奔朱元璋的那天起，冥冥中已摆脱不了孤苦终年的命运。"

"吃，或许才是传统节日的真谛，飨祖、贻亲、娱己。"

"对自己唯一的坚持／是放纵自己的冷冽／大江东去"

"一滴水不能和一条鱼在同一个地方再次相遇"

……

我摘录出六句，不是因为它们是最好的句子，其实我也不知道哪些句子最好。我只是觉得这些句子或有形象，或有见地，或又有形象又有见地。

见地是深刻的理解。这些句子使我感到温馨，引发我思考。

对于这个现实的乡村世界，我们唱赞美的歌和忧伤的歌，只是对曾经养育过我们的乡村的回望和记忆。赞美也罢，悲伤也罢，都是对曾经的乡村世界的美与价值的呼唤。正是从这个角度出发，我从《文成文学（2020卷）》中，读到了乡村历史，读到了乡村文化，读到了一个个生动的人，读到了形象的见地。

然而，亲切、让人怀念的田园世界日渐逝去，我们的现实乡村，除了诗意与怀念，还有什么值得我们关注？还有什么我们不曾发现？

我们面对的现实的乡村世界是田园将芜。陶潜说："田园将芜胡不归？"我们是回不去了。我们早早离开了那个世界。现在，我们只是个旁观者。雾里看花、水中望月，我们与记忆中的乡村世界有了距离，用王国维的"境界说"来说，是"隔"了。

作为作家，我们不能成为现实乡村社会的旁观者；对于文学创作，我们不能脱离现实乡村社会。面对田园将芜的乡村社会，作家必须更深刻地思考乡村的城镇化进程与城乡融合发展、现代生产要素与生态发展、文化传承与弘扬等的关系，必须密切关注乡村生活环境与乡土特色、小农思维与养老育小义务、奋斗进取与量力而行等问题。

作家的责任是要把历史的、文化的乡村社会表现出来，更要把自己对现实乡村社会的思考形象化地描述出来，成为形象的见地。

掩卷沉思，文学的源头《诗经》，睢鸠的形象穿越时空，关关的声音不绝于耳。

《论语》写孔子的弟子曾点的志向："暮春者，春服既成，冠者五六人，童子六七人，浴乎沂，风乎舞雩，咏而归。"风和日丽，春意盎然，人们沐浴、唱歌、远望，身心自由，表现出生命的充实和欢乐。这是一幅多么简洁、形象、生动的春秋时期的人情风俗画啊！

司马迁写孔子问礼于老子。老子说：倡导它（周礼）的人和骨头都已经腐烂了，只有其言论还在。况且君子时运来了，就驾着马车去做官，生不逢时，就像蓬草一样随风飘转。我听说，善于经商的人把货物隐藏起来，好像什么东西也没有，君子具有高尚的品德，他的容貌谦虚得像愚钝的人。抛弃您的娇气和过多的欲望、情态神色和过大的志向，这些对于您都是没有好处的。这是多么妙趣横生、意味隽永的描画啊！

《诗经》《史记》的描述，形象与真知灼见结合，天衣无缝。

三十七年前的夏天，我提着一摞有我一篇千字小说的杂志跻身文成文坛。我把商品经济初期买卖双方的人物写成坏人，人物虽形象，见地却成了偏见。

见地是洞见，是智慧的体现。见解有高低，取决于见解力的高低。每个人都以他自己的认知理解生活。于是有了坐井观天、夜郎自大、盲人摸象等故事。见地犹如古人所说的"道"。苏东坡的《日喻》说，一出生就双目失明的人不识太阳。人们告诉他，太阳的样子像铜盘，光像蜡烛。盲人摸到一支像蜡烛的乐器龠，把它当作了太阳。苏东坡说抽象的道比盲人认识太阳更难，所以大谈道的人，有的就用他自己的理解来阐明它，有的没有理解它却主观猜度它，这都是研求道的弊端。

愚者自以为是，智者自有主见。在我看，我们这些普通写作者的写作，对愚者与智者来说，没有什么大的作用和影响；我们的写作就是给普通人看的，给他们提供一面镜子，以审视与反省。

贾平凹说写作是自我修行的过程。这就需要写作者不断提高认知能力，有更广阔的视野、眼界，更有洞察力。看待世界的方式多样，只从别人那里转述第二手材料，就会不可避免地得出盲目的结论。

对现实乡村社会做形象的见地描述，只能潜心求学论道，走知识与观察结合的路。

陈挺巧

2020年5月26日

目录
CONTENTS

·现代诗·

·古体诗词·

阿双的婆婆

包芳芳

三月的南田山依然是冷到骨子里，雪梨花是凝着晨霜绽放的，白中带粉的雪梨像是水嫩嫩的婴儿的脸。这一百亩的雪梨是阿双婆婆的婆婆亲手种下的，看着这满山的雪梨，阿双的婆婆似乎想起了什么，她随即又抹了抹眼泪。

婆婆这时候不是为了追忆往事来的，她带着任务。她把香烛点着放在雪梨地里的一棵百年老樟树下，树下摆放着的还有她烧熟的装在碗里的海带、豆腐以及小块猪肉。

"树娘娘，你是最灵验的，请你给我们老张家添一个孙子，明年我一定杀猪宰羊地来供养你。"阿双的婆婆合着双掌念念有词地讲着，之后又摊开双手，对着大树连磕了三下。

自从国家二胎政策全面放开后，村里每隔半月总有两三个热心的村妇提着两个装着咸鸭蛋的红色大桶，挨家挨户地给村头村尾的农家人分着涂了红色颜料的喜蛋。

"这是哪家的喜蛋？"拿到蛋的村民都会问。

"这是上湾阿旺家的！"

"这是下湾彩秀家的！"

……

"是男是女？"

"生了个女儿。"或者回答道："生了个儿子。"

要是生了一个女儿，大家都会说："生女儿一样的，生儿子只是生一个名气。"要是生了一个儿子，大家会说："恭喜恭喜，你们家风水不错啊，几点生的？"或者说："哦，是今天辰时生的啊，好日子啊！"

可是这么多喜事中，就是没有老张家的，倒是半痴半呆的老伴让她操碎了心。每天老伴会追着抱娃的村里人，抢着要看娃娃，因为村里人都熟知他得了痴呆症了，所以都没跟他计较。

对啊，人家都生二胎了，老张家的媳妇进门已经整整三年了，却一点动静都没有。

阿双夫妇想生可是又不敢生，他俩怕生了孩子，会成为家里的一个拖累，再加上工作还不稳定，夫妇俩是犹豫再三。

"生一个吧？"一天夜里，阿双的丈夫从被窝里钻出头来对着她说。

"生一个？"阿双还是有点犹豫。

"生一个！"丈夫再一次对这话进行了肯定。

坐在梳妆台前的阿双，眼睛咕噜噜地从丈夫这转到了房间的天花板，又从天花板转到丈夫这。

丈夫这时候，不管阿双怎么想了，一伸手就把阿双拽进了被窝。

一个月后，知道媳妇有了身孕，阿双婆婆早早洗出了放置了一年的大酒缸，买了三大袋糯米，还准备了好多酒曲。清明到了，山水是最清的时候，这时候做酒是极好的。

媳妇怀孕三个月后，阿双的婆婆才将这个事跟邻里说。

临近十月，随着一阵啼哭，在当地医院，阿双婆婆迎来了自己的孙女。

虽然这孩子不"带棒"，但是多少给老人一个安慰。看着孩子踢着小脚丫，阿双的婆婆笑开了花。

三天后出院，阿双的婆婆按照本地传下来的礼节，第一件事情就是给女方家"报喜"。

一大早，她就从村里养山鸡的人家那里买了一只大公鸡，因为媳妇头胎生的是女儿，希望下一胎是儿子，所以送过去的就得是公鸡。她又在菜场上打了一个大猪脚，系上红线，捆上了一袋素面，里面夹着一个大红包，再装上一壶酒。东西准备就绪后，她把它们全部装在两个大箩筐里。就这样，让儿子挑着这箩筐给女方家报喜去了。

忙完这一切后，婆婆从柜子里拿出几小捆蓝色织布，一摊开原来是"水妮"，是当地包小孩用的小围裙，布的上端有两根细带子，就这样，婆婆给洗完澡的小孙女穿上上衣后，用这一块传了两代人的"水妮"对着小孙女腰以下部分围了两圈半，上端的两根细带子也绕着孩子的腰转了两圈，再用小毛毯包好。婆婆做这一切的时候似乎都很熟练。

刚忙完，楼下就传来了一阵热闹声，是阿双的母亲来了，给小孩子送来了一个手镯，一条金链子，还有一对银镯。这些东西都放在小红袋里装着，回礼的还有一大爆米花，掺着红枣、糖果之类的东西。阿双的母亲身边还立着一个小箱子，估计她是想在这住上一阵子。

阿双的婆婆，没让女方家忙活，无论是洗衣，还是给媳妇做点心，她都自己来。阿双发现婆婆将自己沾着血的内裤也洗了。

阿双说自己想洗洗脚，婆婆立马就煮了一大锅的姜水提来，婆婆不让阿双自己洗，说是女人月子里不能碰水。看着婆婆蹲在水桶旁搓洗着自己的脚，阿双心里泛起了阵阵的涟漪。阿双注意到自己的婆婆这几年头发白了好多。

婆婆对阿双坐月子非常讲究，不让阿双看手机、看书、看电视；不让房间通风，说是女人坐月子不能吹风；要求阿双少走动，说是躺着不动可以收骨头，因为生孩子，女人已经拉伤了骨头。

月子里有"吃月里饭、喝月里酒"的习俗，能吃的东西特别有限，除了猪脚、猪肚、猪心、兔肉，能吃的蔬菜就只有豆荚，说是其他青菜吃了就会胃寒。这些东西吃多了，女人会腻，所以阿双的婆婆会准备素面，又长又细的素面里会加很多红酒。红酒是四月清明时自家酿制的，喝了暖胃。每顿餐后，婆婆的一碗蛋打红酒会准时到位。

阿双的月子里，亲戚走动也特别勤，加上婆婆跟左邻右舍的关系特别好，邻里间送的鸡蛋和家兔也特别多。鸡蛋是凑百送来的，家兔也特别大，送来的还有"青紫"，都是下奶的东西。送家兔的人会特别小心，常常会在主人家抓一把米带走，因为他们怕自己的兔子送人，以后再养兔子就不好养了。怎么给人家回礼，这些礼数婆婆都在行。

月子里，小孙女偶尔会惊颤，会拉肚子，婆婆怕孩子被什么东西吓着，会把银元洗干净了放碗里，用开水泡了喂给孩子喝，或者抱着孩子在自家的猪栏、羊栏走几圈，以此达到帮孩子壮胆的目的。

阿双说婆婆迷信，可是没想到，做了这些事后，小孩子还真好了。

一个月的月子坐下来，阿双对着镜子仔细地打量自己，竟发现自己的下巴多了一层赘肉，原本就圆的脸这会更像一个充了气的气球，每天六顿的饮食让自己营养过剩。这时候，阿双摘下有汗味的头巾，将自己已被滑滑的头垢弄成了条状的头发泡进婆婆事先准备好的由生姜和"铁扫把"煮沸的已经降温了的开水里。虽然已经满月了，但婆婆还是坚持让儿媳这样洗，以防她留下头疼的病根。

满月这天，女方家母亲提来了一个茶壶，茶壶里装着猪肚，这个猪肚就是给自己的女儿吃的。女儿吃后，也给了阿双婆婆家一颗定心丸，表示女人已经换肚了，下一胎生儿子的概率就会增加。

阿双问自己的母亲："干吗要把猪肚装在茶壶里？"母亲笑着说，茶壶嘴像男孩子"带棒"的东西，这着实把阿双逗乐了。可阿双知道无论她以后生男还是生女，婆婆会一直这样照顾她，因为这是她的婆婆，她善良的婆婆。

第二年，阿双的婆婆与自己老伴，抱着小孙女，带着媳妇、儿子，提着农家大猪脚来到梨花地的老樟树下。婆婆这次没再流泪了，而是笑着想起了那一年自己的婆婆和公公抱着自己的儿子来到老樟树下的情景，那时候也是梨花开满山头。

（原载于《延河》下半月刊2018年第1期）

出 逃

张嘉丽

一

凌霄带着孩子风尘仆仆地回到小沙村时已是傍晚，望着笼罩在晚霞中的家时，她胆怯地停下脚步。她想，见了他们，我该怎么解释呢？解释我死而复生？当年我从这里狼狈逃走的时候，没打算回来，然而仅隔了六年我就回来了，比逃走时还要狼狈的是，还带回了三个年幼的孩子。

正当她左右为难的时候，她的身体重心前倾，那重量几乎要将她拽倒。是安和闪紧紧地拉着她的衣服，因长时间赶路，两个孩子都满脸尘土。此时，闪瞪着一双大眼睛怯怯地对她说："妈，我饿。"说着嘴巴一瘪，眼睛流了下来。泪水划过脸颊，在那满是尘土的脸上留下两道痕迹。安倒没哭，只是望着她，紧咬着嘴唇不说话。

看着又累又饿的孩子，凌霄很难过，眼泪也在眼眶里闪烁。他们的父亲死了，她因养不活他们迫不得已才回来。路上，尽管她将食物都分给了他们，她知道他们没吃饱。她将怀里的小女儿放下，搂着他们说："妈知道，马上就到家了，到家就有吃的了。"她知道饥饿的滋味，此时，她也饿得非常虚弱。

安慰完孩子，她疲惫地站起来，竟有些头晕目眩。她担心自己倒下去，缓了一会儿后，才牵着他们的手向那个被晚霞笼罩着的房子走去。快到门口的时候，一层悲哀涌上来，随即她的脚步变得沉重起来。这道门，无论跨进跨出，都让她觉得悲哀。先前她还有借口逃避，如今已别无选择。

推门的时候，她的手似有千斤重。没想到门轻轻一推就开了。院子里没有人，她带着孩子往里走，正当她想着一会儿该向他们如何开口时，一位身材微胖的女人从房间里走出来，看到她，那女人"妈呀"叫了一声转身就跑，手里的篮子也掉在了地上。凌霄和孩子被她吓了一跳。

一会儿，一个瘦弱男人从房间里出来，看到她，男人也惊恐地瞪大了眼睛。

凌霄往前走了走，苦涩地冲那男人说："爸，我回来了。"

男人后退了一步，惊恐地看着她说："你是人是鬼？"

凌霄为当初自己做的孽感到羞愧，红着脸说："爸，我没死，也没跳河，那年我只是想要逃走，把鞋子脱在河边骗了大家。"

她的话刚落音，男人突然吼起来："你为什么要这么做？"当年得知小女儿跳河后，他们疯了一样在河里找她，可是，除了岸边的那双鞋，什么也没找到。当时，他比谁都伤心，那是他一直在心底疼爱的小女儿，只有他知道自己为什么那么疼她。虽生不见人，死不见尸，但几年过去了，他们都以为她死了。得知她没死，他的惊讶大于惊喜，尤其在得知她演戏骗人后，他无法不愤怒。

看着怒气冲冲的父亲，凌霄更为过去所做的事感到愧疚，可还是说："就算所有的人不知道原因，您知道，因为她给我找了一个好人家。"这句话半是讽刺，半是挖苦，也说到他的痛处，他顿时无语，随之黯然起来。他的身材本来就十分矮小，此时似乎又矮了一截。当年他原本可以为她的亲事说几句话的，却因性格软弱，什么也没说。

之后，他才说："我知道你生我的气。"

凌霄沉默着，她在生父亲的气吗？不，她在生自己的气。原本她有两条路可走，可她却选了另一条，她不知道先前的那条路是不是断头台，她却将自己推上了另一条路的断头台。

没得到回答，父亲仍不甘心，他想知道死而复生的女儿当年经历了什么："那年你是怎么走的，这些年又是怎么过的？"

他不问还好，这一问，凌霄悲从中来，她想倒在他怀里大哭一场，但她忍住了。望着父亲，她知道无法回避那个问题，缓缓地答道："青槐带我走的。"

"青槐？"父亲有些意外，"他不是早就不见了吗？"

"在我出嫁的头一天他突然回来了。"她答。

"你怎么可以和他走？"父亲厉声问道。

"那时除了他，我觉得没有可说话的人了。"

父亲更生气了，愤怒地反问她："我们不是人吗？"。

"但你们都不听我说，动不动还要挨打。"想到往日的处境，她的眼神凌厉起来。

父亲仍不依不饶地问道："他带你去了哪儿？"

"到处挖煤，哪儿能活就去哪儿。"

"跳河也是他的主意？"

凌霄惶恐地望了一眼父亲，她越回避这个问题，父亲越是揪着它不放，她只得答道："他说反正我就是一个姥姥不疼、舅舅不爱的人，这样大家以为我死了，就没有人找我了。"

一向懦弱的父亲突然咬牙切齿地说："混蛋，他凭什么做这决定。让他过来，我要问问谁给他的胆！"

"他不能来了。"凌霄审视着父亲淡淡地说。

"为什么不能来，没胆来？"

"不，他死了。"她说"他死了"时很冷静，就像在说一个跟她毫不相干的人。

"死了！"这结果让父亲有些意外，他重复了一遍，然后看了看躲在凌霄身后的三个孩子，问："怎么死的？孩子又是怎么回事儿？"

"淹死的，孩子是我和他生的。他死后，我养不活这么多人，就厚着脸皮回来了。"凌霄答道，她的鼻子发酸，但她仍强忍着。

说到这，父女两个都黯然了。父亲本想指摘她几句，但看着疲惫不堪、瘦得皮包骨头的凌霄，他将到嘴边的话又咽了回去。他想，她虽没死成，但已把自己折磨得像个鬼了。

当凌霄请求父亲给孩子们弄些吃的时，先前那个尖叫着跑走的女人出来了。她是凌霄的继母。之前她从房间里出来乍看到凌霄吓得半死，以为撞到了鬼，尖叫着就往回跑。进了屋，她诡异地告诉丈夫："凌霄的鬼魂回来了。"

丈夫半信半疑地看着她。她又补了一句："不骗你，就在院子里。"

丈夫出来后，她跟在后面。听清事情的前因后果后，她冲到凌霄面前，"啪"的就是一巴掌，然后说："你不是死了吗？怎么又活了？还以为看到鬼了呢！既然装神弄鬼地出去了，还回来干什么？"

看到母亲被打，孩子们吓得哭起来。凌霄不语，只是无奈地看了父亲一眼。她不愿让孩子看到这场景，希望父亲将他们带走。

父亲连哄带抱地将孩子带走后，继母继续骂道："不要脸的东西，走时一个人，回来居然还带回三个野种。都有汉子养你了，你还回来干什么？"说着，又给了她一巴掌。

"没见过你这么不要脸的人，把你放在金窝里你不待，偏要到粪坑里去跳高。居然还有脸回来，你还不如你妈，还敢假死，害得我们又是哭又是叫，拼命在河里捞你，把我们当猴耍呢？"说着，气不打一处来，"啪"又给了她一巴掌。她越说越气，越气越打，下手也狠，一巴掌是一巴掌。

一会儿，凌霄的脸就肿了起来。被打骂，她始终不语，她觉得自己活该受罪，便直挺挺地立在那里，任继母打骂。她甚至为她的打骂叫好，巴掌落下来，她也感觉不到疼，却有一种淋漓感。她甚至希望苏家也来人打她，更希望英赫来打她，以抵消当年她对苏家、对他造成的伤害。她几乎带着求死的心，希望被活活打死。站着站着，突然她什么也看不到、听不到，接着便眼前一黑倒了下去。倒下去的那一刻她竟然笑了，她以为自己要死了！

可是，她没死。等她醒来的时候，她父亲坐在床边的一张凳子上看着她，一脸悲凄。见她睁开眼，他舒了一口气说："你醒了！"

她没应，躺了一会儿才问父亲："孩子呢？"

"吃了东西都睡了。"父亲说，"孩子说你一路上都没吃，我给你煮碗面去。"

她拦住了父亲："我不饿。"在没挨打之前，她还有些饿意，经过一番折腾，她反倒不饿了。

父亲叹了一口气，对她说："她打你也是因为生气，当年她觉得给你找了一个好人家，没想到你这么回报她。之前大家还都为你寻了短见难过，如今你回来，才发现被你骗了，她能不生气吗？我轻易不发火的人也被你气得要命，她在气头上，你也不要怪她。"他说这些话本意是安慰她，但凌霄听来，又像他在为妻子辩护。但是凌霄觉得无所谓了，决定回来的时候，她已想过，她的命已是这样，什么不堪都要忍受。即便是死，她也无话可说，因为当年她和青槐联手制造跳河假象后，她就该死了。还有什么比该死更难受！

当父亲继续问她以后有什么打算时，凌霄答："我不知道。"说着她闭上了眼睛。

望着瘦削的女儿，这个中年男子无限哀伤，他觉得当初不能保护她母亲，现在也无法保护她，之后，他低沉地说："你的脾气不像我，但是这脾气只会让你受罪。"说着长叹了一口气。

凌霄没接话，她知道父亲所指是谁，但她不希望像那个人，除了血缘，她不希望与她有任何关联。

他们沉默了一会儿。随后父亲又说："我已让人给你姐姐捎信了，让她先把你们母子接到她那儿去，在这儿只会活受罪，唾沫都会将你淹死。"

瞬间，凌霄的眼泪掉了下来。经历那么多的磨难后，她不禁在心底问自己，我为什么会走到这一步？

二

凌霄开始回忆。七年前，她十九岁，那年秋天，继母去乡里听戏，回来便将她叫到跟前，并前后左右地打量她。平时她习惯被她使唤来使唤去，就是没被这么看过。她被看毛了，像被针扎了一样浑身不自在起来。老半天，她才说："怎么像相亲一样。"

"对，今天我就给你订了一门亲事。"

她很惊诧，姐姐嫁出去不到一年，这么快就轮到她了？她看着继母没说话。

她的反应让继母不大高兴："你就不问问哪家的，干什么的？"

她才跟着继母的话茬问了句。

继母得意地告诉她："乡里的，当兵的。"

听到"当兵的"三个字，凌霄的眼睛瞪了起来，嚷嚷道："我不嫁当兵的。"从记事起，她对军人就有一种成见。这成见来源于她母亲，在她与姐姐还年幼的时候，母亲便抛下她们及父亲，跟一个抗美援朝的军人走了，之后再也没回来。她由最初的思念变成仇恨，长大后，她不仅恨母亲，更恨军人。她不止一次和姐姐探讨这个话题。所有的话题到了最后汇成三个字：恨军人。现在要她嫁给军人，那是门儿也没有。

见她如此反应，继母狠狠地瞪了她一眼，生气地说道："由不得你！"

"看看由不由得我！"

见她这气势，继母更生气了："你想造反啊？我可收了人家一块布料了。"

这句话让凌霄气坏了，她也瞪着眼睛回她："合着为了块布料就将我卖啦！"

"什么也不为，这亲事也定了。"

"凭什么呀？"

"凭我是你妈。"

"我妈？"凌霄打鼻子里哼了一声，她既不承认跟军人走的那个妈，也不承认眼前这个。

"哼什么？没教养的东西。没生你，可养了你，比你亲妈强多了。"

"那也没权要我嫁。"

"反了你了，看我有没有。"说着，继母因生气给了她一耳光。从小到大，她因脾气倔没少吃继母的耳光。

挨了打，更坚定了她的决心。为此她找到父亲，坚定地对他说："爸，你得管管这事儿，不管谁决定，反正我不同意这亲事。"

她父亲叹了口气说："这是你妈给你订的亲，说人家家庭不错，孩子也不错，在部队还当了什么领导呢。"

"呸，她不是我妈。既然人家条件那么好，为什么会看上我们这样的家庭？"凌霄和她父亲犟嘴道。她本希望父亲能站在她的立场上，站到母亲被一个军人拐跑的立场上替她说话，哪想到，父亲不但不帮她，还为继母说话。

"他要不是军人，你就没有意见啦？"父亲问她。

"那也得看我愿不愿意，一块布料就把我卖啦，凭什么啊？我又不是她生的。还有就是我不嫁军人，死也不嫁。"凌霄和她父亲争辩道，最后还不忘记给他一击，"您忘记我妈是怎么走的了？"

　　她父亲本来性格就内向，遭遇家庭变故后更不爱言语。平时几天都听不到他说一句话，偶尔说一句，那声音也缥缥缈缈的，像从山谷里传来一样。他慢腾腾地刚说了一句，凌霄恨不得能说上一百句。看着这个从小就又倔又强的女儿，他真一点儿办法也没有。尤其看着她的模样越长越像她母亲，心里似有百般滋味。

　　正说着，继母听到了他们的争论走了过来。尽管她的眼睛小，但还是狠狠地瞪了凌霄一眼，说："不要脸的东西，替你找了好人家，你还不愿意了，我们那时候的亲事都是父母做主，即便我跟了你爸，还是父母替我做主。我们不替你做主，难道你自己找个野汉子不成。"

　　"找个野汉子也是我的事，用不着你管。"凌霄毫不示弱地反驳她。

　　她的话音刚落，"啪"一个巴掌又甩在了她脸上："小贱人，还蹬鼻子上脸了。这门亲事就订下了，嫁也得嫁，不嫁也得嫁。"

　　再次挨打的凌霄捂着脸看了父亲一眼，他没有说话。凌霄觉得看他也是白看，什么也指望不上，便哭着跑了。

　　凌霄非常委屈，觉得没有一个人理解或为她考虑，便坐在河边哭。正哭着，一个人悄悄地坐在了她身旁。她侧头看了看，是青槐。

　　青槐姓孟，与她同岁，是从小一起玩大的伙伴。虽然长得不好看，但是很仗义。凌霄小的时候，村里的一帮孩子时常将她母亲的故事编成顺口溜对着她喊。

　　她越是不让喊，他们越喊，气极了她便追着他们打。他们仗着人多，游击一样四处转着圈地逗她，她常常被他们欺负得哭起来。那个时候青槐总是挺身而出，将一帮坏孩子赶跑，然后坐下来安慰凌霄："你别哭了，我把他们都赶跑了，以后我们不和他们玩。走，去我家玩去，我家没人欺负你。"

　　青槐也是个可怜的孩子，幼年时，父母便去世了，他跟着年迈的奶奶一起生活。奶奶八十多岁了，又聋又瞎，什么东西找不到就找他。一个天真的孩子不愿意天天对着个老太太，便整天往外跑。没人管教的孩子常常弄得又臭又脏，加上没有规矩，好一些的人家不许小孩儿与他玩。有时候那些孩子还欺负他。

自从发现凌霄和他一样也是被人欺负的孩子，那种惺惺相惜的感觉就有了。他们的童年便在互相陪伴中度过。

长大后，青槐长成一个瘦瘦高高的小伙子，模样比小时候周正起来，人也变得干净了。凌霄呢，长得亭亭玉立，相貌端庄俏丽，身上有着一种令人难以忘怀的楚楚动人的劲儿。

一个春日的下午，他们俩站在房檐下看燕子在那里飞来飞去做巢，他们仰着头看燕子。青槐先是看燕子，然后开始看她，她那仰起的长脖子以及玲珑的身段在阳光的沐浴下显得特别美好。趁她不注意，他在她的脖子上亲了一口。凌霄被吓了一跳，然后就追着打他。他故意往柴房里钻，待凌霄追到里面，他顺势将她拉到柴堆里彻底地吻住了她。

那是他们的第一次亲吻，初吻让两个情窦初开的青年觉得既甜蜜又美好。

不久，他想在凌霄的身上体验点别的，遭到她的反抗。她觉得，不能什么都依他，不然她还有什么分量。一次，为了让他冷静下来，她还狠狠地踢了他一脚，问他有完没完。

她的坚持很有效，至少拒绝让他有些畏惧。这让她感到，有时候，你若是坚持某种立场，别人便不敢拿你怎么样。

三

凌霄正哭的时候，看到青槐坐在身边，便生气地对他说："他们居然把我订给了一个军人？"

好半天，青槐才苦涩地说："那不是挺好的吗！这年头，他们都说军人好、工人好，嫁个军人或工人，以后饭碗就有保障了。"

不知道他是故意气她，还是说风凉话。她狠狠地白了他一眼，说："我嫁谁都不嫁军人。"

"嫁谁都不嫁军人？"青槐苦涩地说，"那我早想娶你，是你不嫁！"

凌霄也急了，瞪着眼睛说："你去我家提亲，他们同意我就嫁你。"

提亲，他倒是想呢，拿什么提？他没有任何资本，去了不但提亲不成，还要挨一顿羞辱，何苦呢？他坐在那里老半天没说话。

见他不说话，凌霄又哭起来。他被她哭得手足无措起来，怎么办呢？他想拯救她，也想拯救自己，可是他谁也拯救不了，这让他非常苦恼。后来，他坐近了一点儿，坐了一会儿，索性将她搂在怀里。他觉得这会儿，只能给她这个了。凌霄安静了一会儿，然后又提起刚才的话题："你去我家提亲吧！"

他不得不叹着气说："你真天真，你父母会答应我吗？"

"这是我的事。"她赌气地回他。

"哼，是你的事，但是你的事你做不了主。"青槐也回击她。

这倒是真的，自己能做主的话，她就不这样难过了。她又苦恼了一会儿，突然说："我们私奔吧？"

听到这提意，青槐用审视的眼光看了看她，然后慢吞吞地说："私奔？我们能到哪儿去？又没钱，又没地方，两个人去喝风吗？"

"随便哪儿都行，我们有手、有脚，只要勤劳，就不会饿死！"凌霄说。

青槐感到很茫然，他不识一个字，去哪儿呢？如果在外面活不下去，他们还能回来吗？他没有给她答复。

看他像个石头一样沉默，凌霄急了："行还是不行？说个话！"

"我不知道。"半天，青槐才慢吞吞地挤出几个字，而且声音轻得几乎听不见。

瞬间，她对他生出一种鄙视来，觉得这是一个多么胆小的男人啊。于是，她站起来，气呼呼地走了。

似乎是为了和青槐置气，尽管不乐意，凌霄还是在家人的安排下见了军人。

这个叫苏英赫的军人比她想象得要好。虽然小伙子皮肤黝黑，个子不高，但是相貌很英俊，军人的气质也让他显得与众不同，而且他的眼睛长得好看，像会说话一样，看人的时候闪闪发光。她刚对他产生了一点儿好感，想到他的身份，随即又愤愤不平起来。

相亲后，军人对凌霄十分中意，归队前又来她们家几次，期间还教了她一些字。军人走后，凌霄发现，青槐不见了。开始她以为他在耍小性子，便也不找他。后来才知道，他真的不见了，像在人间蒸发了一样，谁也不知道他去了哪里。自从军人教了他一些字后，她觉得他不该叫青槐。因为军人在教她"槐"字的时候，是将"槐"字拆开来教的，所以她对这个字印象特别深。她就想着有一天，在青槐的面前气气他，气他，她会识字了，气他，名字里的鬼东西。现在，她就觉得，应该把他名字中"槐"字的"木"字去掉，他就变成了青鬼，鬼自然说没就没了。

她庆幸自己识了一些字，现在她认识自己、姐姐、军人和青槐的名字。这让她感到自豪。

第二年冬天，苏家以儿子28岁为由，来赵家商量把婚事办了。继母也想把这桩婚事早点儿定下，便一口应允下来。

婚期定下来的那天下午，凌霄一脸悲戚地对父亲说："爸，这事您得管。"

父亲正在门口修理一张凳子，听了她的话，他停了一下手里的活，望了望她，又继续修起来，去边修边说："你妈做的决定，我说了也没用。"

"我不能嫁给一个军人。"她继续重复着这句话。

"你先前不是同意还见了面吗？"

"我那是为了气……"她没敢将话说完。

"气谁？"父亲抬起头问。

"气我自己。"

父亲没再接话。他不说话还有一个原因，他见过英赫，除了军人的身份，他对他没有挑剔。

最终凌霄见胳膊拧不过大腿，还是妥协了。

父亲虽然沉默，但给凌霄准备了嫁妆。苏家则准备新房与婚宴。眼看第二天就是凌霄大喜的日子了，青槐却在这个时候冒了出来。

那天上午，凌霄打河边经过，青槐出现在她面前。突然看到他，凌霄愣了一下，然后狠狠地打他，边打边说："我以为你死了，我以为你死了！"

青槐先是不说话，任她打着，然后一把将她拖进怀里吻她。凌霄很生气，用力推开他，瞪着眼说："你疯了！"

青槐这才说："对，疯了！"

"你还知道回来？"

"再不回来，你就是别人的人了。"

"晚了，明天我就嫁人了。"

"没嫁过去就不晚。"

"不晚还有什么办法？"

他突然低声下气地说："凌霄，我真的想娶你。可我没钱，这一年多我去外面赚钱，就想回来娶你。钱很难赚，我刚存了一点钱，回来就听说你要嫁人了。"

凌霄着急地跺着脚说："早不回，晚不回，现在怎么办？"

"现在就算我拿钱放到你爸妈面前也没用了！"青槐看着她说，"但是有一条路可走。"

"哪条路？"

"私奔。"

这话之前凌霄提过，当时他不同意，现在竟轮到他来提了。凌霄问他："你确定？"

"确定。"

于是，他们商量着私奔的方案。商量时，青槐俯在凌霄耳边给她出了一个主意。

起初凌霄为这个主意感到兴奋，转念一想觉得不妥，便说："若这么着，以后我就永远不能回来了。"

"你还想回来吗？"他以为她变卦了。

凌霄想了想，觉得父亲对她并不关心，姐姐出嫁后也很少回来，便答道："不想。"

"那好，你把鞋子脱到水边去。"

凌霄瞪着眼睛说："我还得回去拿些东西。"

"你不能回去，家里的东西也不能带。"

"我总得带几件衣服和要用的东西吧。"

"东西出去再买。为了让他们相信你跳河，你什么也不能带，不然就露馅了。"

凌霄犹豫了一下，还是听了他的话，将鞋脱在了河边，便跟着青槐悄悄地离开了村子。

这一去就是六年。

想到这儿，凌霄闭上了眼睛，她觉得这六年像一个噩梦，她时刻都想从梦中醒来，可是总也睡不醒。直到青槐意外死去，她才像从噩梦中突然惊醒。

四

天刚蒙蒙亮，海棠就来了，见到失而复得的妹妹，她喜极而泣，抱着凌霄痛哭起来，边哭边说："你为什么这么做？为什么这么做？这几年我难受死了，就是走，好歹和我说一声啊。"

昨天被继母打骂时，凌霄没掉一滴泪，后来在父亲面前哭了，此时跟着海棠又一起哭起来。可是，她和海棠哭的不一样，一个哭她回来了，一个哭的是自己的命运。关于出逃，凌霄没有解释，因为她不想解释，觉得任何语言都无法解释她的荒唐行为。

凌霄和孩子被海棠接到了她们家。

姐夫是个憨厚的人，总是未语先笑。见到凌霄和孩子们时，他还是被凌霄的瘦惊到了，从没见她如此瘦过，一层皮包着一架骨头，似乎用一根指头就能将她戳倒。因为瘦，她的眼窝深陷，眼睛尤显得大，下巴也尖得像个锥子，简直不忍直视。可他仍不动声色地笑着对凌霄说："你可回来了，你姐想你都快想坏了。"

安顿下来后，凌霄发现，姐姐家并没有比先前改善多少，住的依旧是两间不大的阁楼。楼下烧饭和堆放杂物，楼上住人。她们的到来，让房子显得更加拥挤。

住了两个月后，凌霄总觉得不大自在，她们来后将姐姐家的房子占了一半。姐姐家有三个孩子，加上自家的三个，六个孩子总让她觉得房间里有几十口人似的。而且人多粥少，吃饭成了问题，每天看着姐姐为一天的吃喝忙碌，她就心塞。

每天她也和海棠一起抢着干活。那天洗衣服时，看到海棠那双布满茧子的手，她竟难过起来。过了一会儿，她说："姐，我想带孩子走。"

"去哪儿啊？"海棠诧异地问。

"哪儿都行，我不想这么一直拖累你和姐夫。"

顿时，海棠明白了，瞪了她一眼："你能去哪儿啊？在这儿吃的住的虽不好，总比挨饿受冻强吧。"

"我知道，可我不是一个人，是四个人，也不是一天两天，我不想成为你和姐夫的累赘。"她说。

这些海棠和丈夫也都考虑过了，一个没有收入的女人，带着三个年幼的孩子的确很难生存。他们也不能帮她一辈子，时间久了，总是问题。便对她说："不管怎么说，为长久打算，你还得嫁人。"

凌霄苦笑起来，然后苦涩地说："嫁人？谁会要一个带着三个孩子的女人？"

"先不急，我和你姐夫先打听打听，看看有没有合适的人家再说。"

凌霄祈求地看着海棠说："姐，其实我不想再嫁。"

海棠疑惑地看着她，问道："青槐和你动过手吗？"自从她回来后，海棠还没敢和她探讨过这个话题。

"没有，但一直吵架。"停了一下，她又说，"日子过得不好，他很烦躁，把气都撒在我身上。"

"这几年你怎么过的？"

"像做了一个噩梦。"说着，她苦笑着看了看海棠。

海棠看着她，意识到她任性选择的路并不如意。可是错已铸成，已无回头路，只能浑浑噩噩地生活。如今回到家，她仍看不到希望，就更加消沉起来。海棠常常看到她一个人坐着，或倚着窗户发呆，作为姐姐，她既同情这个妹妹，可在某些问题上，她又帮不上她。之后，她叹了一口气说："你若是不嫁可怎么活？三个孩子呢！"

"我能活。"

"嘴犟，能活还回来？犯倔也是自己吃亏，你亏吃得还不够吗？况且我们那个家，你还能回去吗？"

"姐……"凌霄叫了一声，没再说下去。她能说什么呢？她自己酿了杯苦酒，谁会替她喝呢？

三个月后，凌霄嫁到姐姐村子隔壁的丰颂村。那男人比她大了二十二岁，老是老了点儿，让凌霄欣慰的是，他没有嫌弃她带着三个孩子。

晚上，他们独处时凌霄感到非常尴尬。此前他们仅见过一面，甚至都没有仔细看过，更没有说过几句话，现在却要与他同床共枕，这让她很忐忑。此时，她仔细地打量他。这是一个饱经风霜的壮实汉子，面部轮廓粗犷，头发又浓又密。他先是低着头，抬头时见她看着自己，他冲她笑了笑。又坐了一会儿，他才对她说："你还这么年轻，跟着我有些委屈了。"

看看他，凌霄默不作声，她能说什么呢？

接着他又说："你还这么年轻，可我又老又丑。如果不是因为孩子，你恐怕就不会选择我了。"

听到他话里的自卑，似乎为了安慰他，凌霄回道："年轻有什么用呢？又不能当饭吃，只会犯一些无法挽回的错误。"

他看着她，嘴巴张了张，没再说下去。

婚后，对这个丈夫，凌霄没有什么可说的，他很老实，又很勤快。每天天一亮，他就起来到田里去干活。有时，他还会把早饭烧好。回来，他也很体恤她，对什么都不挑剔，无论吃的、穿的。凌霄给他弄什么，他都很乐意。对孩子，他也很疼爱，常常给他们带些吃的、玩的回来。

但是，他们之间的交流并不多，每天也说不了几句话。对此，凌霄认为，差了二十多岁，就像差了一个爹一样，而且他的话不多，即使能说，他们又能说什么呢。她的话好像在某一天说完了一样，现在已轻易不开口。但每天，凌霄都将家里收拾得井井有条。每天天一亮，她就起来忙活，烧饭、洗衣，为大人孩子准备吃的穿的。有时，她也带着孩子跟他一起到田里干活。

有时村里也有人和他们开玩笑，他们叫着他的名字说："李壮，艳福不浅啊，人到中年娶到这么一个漂亮媳妇，你前世烧了什么高香啦？"还有人附和："那是，这村里我就服李壮，婚不结就不结，结了就老婆、儿女全有了。"然后一群人就笑成一团。

听大家逗他，李壮也不说话，总是一笑而过。凌霄呢更是不言不语。私下里，他还会安慰她："村里人爱说笑，你别往心里去，他们没有恶意。"

虽然两人没有共同语言，但她很感激他的体贴与善良。

那天海棠过来看她，两姐妹坐在房间里聊天。

海棠问她："他对孩子好吗？"

凌霄答："好。"

"那就好，我还怕他对孩子不好，毕竟不是他生的。"海棠说，"对你呢？"

"也好。"

"粗鲁吗？"

"不，话不多，也很温和。"

"我很担心你受苦。因为此前他娶过一个老婆，后来不知什么原因老婆走了，我还担心他是哪儿不好。"

"我们很少说话，一天下来说不了两句，如果不是孩子，我们能把日子过成哑巴。"凌霄苦笑着说。

想着曾经心高气傲的妹妹，再看看她现在的处境，海棠还是为她难过。海棠说："真是难为你了，年龄差这么大，怎么能说到一起去呢？"

"其实也还好，你不用担心，因为我也不是以前的我了。"似乎是为了让海棠放心，凌霄故作轻松，说着，她还搂了搂姐姐的肩膀。

两姐妹聊着聊着，就聊到了军人的身上。"还记得他吗？当初要娶你的那个当兵的。"海棠问她。这还是凌霄回来后，海棠第一次和她聊起他。

乍听到他，凌霄身子一抖，像被针扎了一下，她不解海棠为什么要提起这个人，过了一会儿才说："当然。"说着，她略微抬起头，竭力带着洒脱的神情。

海棠说："虽然因为妈的原因，我们从小恨军人，但你那一步走得的确欠考虑。"

凌霄望了望海棠，心沉下去。她没有说话，在这件事上，还说什么呢。当初在她固执的心里，除了对军人存有偏见，没有其他。

"当年，得知你跳河的消息，他很快就来了。大家在河里找你的时候，我看到他的脸像白纸一样惨白，他不停地在哆嗦。后来，他向我打探，问我知不知道你为什么要这么做。"

凌霄望了望海棠，依然不敢说话。作为她耻辱的部分，她一直在回避这个人，甚至不敢想起他。此时，姐姐提到这个人，她既想知道，又怕知道。

"我和他说了，说因为某种原因，你从小恨军人，是迫于无奈，才和他相亲订婚，他就什么都不说了。之后，他们去他家里闹时，听说他什么也没说，不管问他对你做了什么，他都不说。"

"去他家里闹，谁去闹？"凌霄疑惑地问。

"还有谁，继母和她的兄弟呗。"

"跳河是我的事，和他有什么关系，为什么去他家里闹？"

"他们故意说他对你做了什么，害你跳的河。你知道，其实他们醉翁之意不在酒，他们就是借着闹事去抢东西，一帮人将他家里值钱的、大件的东西统统搬光了。"

凌霄眼睛瞪起来："他就这么任人闹，任人搬？"

"反正没有人阻拦。"

"后来呢？"

"婚没结成，家里又被折腾得不成样子，他很快就回了部队。听说因为这件事，他一直都没有成家。"

听到这，凌霄愣愣地看着海棠。她的手握紧了松开，松开了又握紧，她的心里充满痛苦与绝望，像有一张无形的大网罩住了她。

五

凌霄失眠了。这一夜，她的脑海里一遍遍地闪现着一个人的面孔、眼神。

相亲会，是她第一次见到苏英赫。那天下午，他们在家人的催促下曾一起走了一会儿。当时，他们沿着一条小溪直行。溪边的路很窄，仅能容一人通行，由于刚下过雨，远处的青山笼罩在一片白茫茫的雾中，近处路边的小灌木上、草丛上则挂满了水珠，他们一边走，一边被路边的小灌木摩擦着。走了一段路，两个人的裤腿和鞋子都湿了。但是他们全不顾，还是一个劲儿往前走，两个人一前一后，光走路却不说话，气氛显得有些怪。一路上，由于静，他们似乎都能听到彼此的心跳声。

他边走边揪着路边灌木丛上的叶子，揪着揪着到底忍不住了，叫了声："凌霄。"

她停住脚步却不回头。他说："你不回头看一下吗？"她这才回过头来。他将手里刚摘的一朵山茶花递给她，雪白的花上还挂着晶莹剔透的水珠，十分俏丽。他说："你看，多清新的花，像你。"凌霄抬头看了看他。他冲她笑着，露出一排洁白的小牙齿，那牙齿像贝壳一样。怀着对军人的偏见，她对他视若无睹。为了不看他，她又低下了头。

过了一会儿，他又说："其实之前我见过你。"

她认为他是没话找话，便故意问道："见过我，在哪儿？"

"小沙村，我姑姑嫁到了你们村，上次探亲回来我去看她，那次在河边见过你。当时，你穿着一件白衣服站在雨里淋雨，就像这朵山茶花一样楚楚动人。"

凌霄没说话。她想起来了，那次是因为一件不值一提的小事，她被继母打了，父亲又不向着她说话，她感到委屈，便赌气似的跑到外面淋雨，希望自己生病死掉。此时听到他将自己比喻成茶花，没觉得是夸奖，却觉得像是奉承。忽然她想到了母亲，是不是当初她遇到的那位军人，也是这么奉承她的，便打动了她。她可不是母亲，三句好听的话就将她哄得团团乱转。

那天她回到家时已经很晚了，但继母与父亲还没睡，看上去都很高兴。继母还向她打探情况，似乎觉得她的这件亲事成了后，会给他们家带来无限荣耀。赵家的女儿，老大嫁了个和赵家一样穷的农民，到底没有什么好炫耀的，如果老二嫁了个军人，那就不一样了。军人多有保障啊，最起码吃饭不愁了。他们说出去，有个女儿嫁了个军人，脸上也有光彩。

看着他们高兴的样子，她怎么也高兴不起来。想到一连几天青槐连个影子都没露，她就很生气。当初他对她可是说了许多甜蜜的话，并说要娶她，如今真要他娶了，他却吓跑了。现在他居然把自己藏起来连头都不敢露了。她越想越生气。

这天，她正在房间里生闷气，小杰站在门口笑嘻嘻地说："二姐，那个人来了。"

小杰是继母所生，长得像她母亲，长脸，小眼睛，一笑起来，眼睛眯成了一条缝。因凌霄常常带他，他对这个姐姐很亲近。

她问他："哪个人？"

"还有哪个人？你未婚夫呗！"

瞬间她就知道是谁了，便吓唬他："去，再敢说一句，看我不打你。"小杰冲着她一吐舌头跑了，在门口还差点和英赫撞在一起。

英赫站在门口，腼腆地冲她笑了笑，问她："我能进来吗？"

人都来了，她能不让他进吗，便说："进来吧！"

"你看，我不请自来了。"说着，他为自己的不请自来不好意思起来。

将英赫让到房间后，她又有点不耐烦，无理的话差点脱口而出。她沉默了一会儿，因生青槐的气，竟赌气似的对英赫温和起来，并主动和他说话。

见她态度有了转变，英赫也很高兴。房间里他们轻轻地交谈着。后来他聊起了军队，聊起了自己的兴趣爱好。当听到他在部队闲下来的时候喜欢看书、写字时，凌霄不再说话了。他以为她生气了，并寻思到底哪一句说错了，可是找了半天，也不知哪句没说好，好一会儿才问她："我说错什么了吗？"

她没好气地说："我没读过书，也不识字，自然没有你那么多兴趣爱好。"她说这些话，一半因为羡慕他会读书，一半因为自卑。

他顺口问道："为什么不读书？"问完他就后悔了。

她瞪了他一眼，气呼呼地回他："你以为什么人都能读书？"说着她有些难过地低下了头。

看她难过的样子，英赫觉得真不该提这个话题。在农村，很少人家的孩子才有机会读书，他告诉她看书、写字，难道是为了炫耀自己比她优越吗，还是故意让她难堪，但他绝对没有这个意思。他只是想多找些与她聊天的话题而已。

见她半天不说话，英赫想挽回这种尴尬场面，便说："没关系的，我会教你的。"她没有表示什么，只是忧郁地看了他一眼，又将头低了下去。正是这眼神，让英赫情不自禁地握住了她的手，握了一会儿，然后将她的手拉到唇边吻了吻。这一吻，让凌霄又抬起头来，她的眼睛竟红了起来。

凌霄是为自己没生在好的家庭难过，她倒是想读书呢，可是当年在她提出读书的时候，她父亲断然拒绝了。她母亲走的时候，那军人倒是给了她父亲一笔钱，可是那笔钱全被父亲娶妻用了，即便没用完，也轮不到她来花。而且那笔钱无论怎么用，都让父亲感到沮丧。凌霄想的是，如果她能读书，也不会像今天这样，任他们摆布，于是越想越难过，想着想着，眼泪就不争气地出来了。

凌霄含泪的模样竟让英赫柔情万千，他再次对她说："没关系的，我会教你的。"然后轻轻地将她搂进了怀里，并吻了她。凌霄没有拒绝，那一刻她需要一个依靠，便仰着头，任他吻着。她竟觉得那吻与青槐的不一样，他的唇间有一股男性的清新气息，像清风一样在她的齿间回荡，竟让她感到特别美好。在那美好里，她多少有些慌乱。

随后的几天，英赫又来了几次。他提意教她识字，她竟同意了。他还细心地带来了笔记本和笔。他将本子和笔放在她面前，问道："你想从哪儿开始学起？"

凌霄想了想说："从我的名字吧。"

他便教了凌霄几个她想知道的字，并手把手地教她写字，从笔画到写字，一笔一画都教得非常认真。等他归队的时候，她学了将近二十个字。

再次见他，是在第二年的冬天。那次英赫被父亲催回来办婚事。他到家的那天晚上，就马不停蹄地来看她。

他来时，还带来一大堆的礼品，从大人到孩子都买到了，有吃的有穿的。继母看到一大堆的东西，高兴得脸都发亮，她一边将礼物收下，一边客气道："来就来了，还拿什么东西啊？"说着，赶紧叫凌霄出来。

见到凌霄时，他竟有些腼腆，并为自己的心急不好意思起来。回来的路上他计划着见到她时，要给她一个热烈的拥抱和吻，可是，在见到她后，军人的节制又让他担心过于粗鲁与疯狂会吓到她。他站在房间里先是看着她笑了一会儿，然后才将她一把搂进怀里吻她，随后陷进那甜蜜的吻里。

凌霄接受着像风一样清新的吻，心里却有百种滋味。她很矛盾，她一面抗拒军人，一面又接受着与他的亲密。潜意识里她觉得是青槐促进了她与军人的接触，他走了一年多，至今没有消息。她在半赌气、半迷惘的情况下接触军人，表面上她接受了他，但心里仍顽固地对他存有偏见。

因为一提起军人，她就条件反射地想起母亲。当年，母亲和军人走后，父亲为了照顾她们姐妹，又娶了继母时，她们对母亲的恨又加深了一层。因为自从继母到了他们家，两姐妹的日子就没好过过。她不仅常常让她们饿着肚子干活，而且常常无缘无故地打骂她们，不仅如此，有时候她还在她们的父亲面前搬弄是非，鼓动父亲再教训她们一顿。

从那时起，她在痛苦的煎熬中，对母亲埋下仇恨的种子。尽管母亲走后多次向她们示好，她们也不肯原谅。她依稀记得，母亲走后，曾托人送了几次东西给她们，由于恨她，父亲当着她们的面就把东西扔到了河里。母亲也曾让人送信，说要见见她们，也被拒绝了。父亲还扬言："就是她要死了，你们谁也不许去见她。"

这么多年来，她一直恨着军人，自然不想嫁给身为军人的英赫。虽然在他的拥抱里，山泉般的吻里，温柔的眼神里，她也有着异样的感觉，但她觉得那不是爱，仅是迷乱，她对军人的恨没有停止过。现在青槐跑了，她感到孤立无援。她的不反抗，仅是委曲求全，为的是不被继母的巴掌挥来挥去。

那天晚上，英赫一直在她的耳边说着绵绵情话。他一再地告诉她，他非常思念她。"每天在机场看到飞机在头上飞，我就想着，飞机把我带走，带到你的身边。"说着，他捧起她的脸吻她。在他的拥抱与吻里，凌霄始终默默的，要不接受着他的给予，要不就端详着那张欢天喜地的脸。她不懂他怎么能这么高兴。走时，他拿出揣在口袋里的一只玉手镯给她戴在手上，并问她："喜欢吗？"

当时她望着他，没说话，只是点了点头。那是她人生中收到的最正式也是最贵重的一件礼物。他走后，她曾试图摘下它，可是手镯太紧，她把手都弄疼了也未能摘下。后来，她便一直戴着它。

凌霄想，如果不是青槐在她结婚的前一天回来，她可能就嫁给他了。可是，命运就那么安排了，青槐回来了，而且她听从了他的安排。离开小沙村时，他们又上演了一出让所有人都相信的蠢戏。她是在几年之后，才体会到自己的愚蠢的。

有了这种感觉后，她一直在回避这个人。有时，她会在恍恍惚惚间想到那张英俊的脸，那双发亮的眼睛，挺拔的身躯，腼腆的笑，贝壳一样的牙齿，还有那些拥抱，那些如山泉般清新的吻，以及他温和地教她识字的模样。多年之后，她才意识到，几乎从开始她就没有拒绝他。可是那时，不仅对军人有成见，她像瞎了一样，什么也看不到，什么也感受不到，所以此后她将自己所遭遇的一切都归为报应。

六

凌霄仍陷在回忆里。当年，无知的她以假跳河的方式离开小沙村时，曾沾沾自喜。她觉得自己终于解放了，终于离开了那个一直不自由的家，不再被继母挥来挥去了。

她跟着青槐先是去了河北，后来辗转去了山西、内蒙古，然后又去了河北。他们像狩猎一样，哪里有猎物，就往哪里迁徙。在四处迁移的过程中，他们生下了一个儿子二个女儿。

刚离开家的时候，她还沉浸在不知天高地厚的喜悦里，像出笼的鸟儿一样，觉得自由了。为了让自己的小家像样，起初，她也勤奋地打理着自己的家。但为了生活，他们始终过的是一种颠沛流离的日子，总是从这个煤矿到那个煤矿，从那个煤矿再到下一个煤矿，像耗子搬家一样，拖家带口，不停迁移。青槐呢，为了养家，天天在地底下掏煤，常常弄得像个黑鬼。随着孩子一个一个地出生，他们的日子越过越艰难。

身体好的时候，她还能忍受。有几次她病了，其中一次病得特别厉害，她软绵绵地躺在床上，怎么也爬不起来。孩子没人管，饿得哇哇地哭，她也跟着哭。很多次她想家，想父亲，想海棠，可是她回不去了。她觉得他与青槐一起干了一件十分缺德的事儿，他们不仅把自己害惨了，而且把许多人都害惨了！有时，她也会想到英赫。她的作死的出逃，或许对他的伤害最大。他对她怀着一腔热情，可她却那样对他。一想到他没有错，她却将对另一个人的恨强加在他的身上，让他承受过错，这种认识让她感到非常沉重与难过，有时，她会被这沉重压得喘不过气来。

她曾不止一次地想，这是一条我自己选择的路，我幸福吗？我们幸福吗？或许"幸福的家庭都是相似的，不幸的家庭各有各的不幸"。

她与青槐便时常为了生活琐事争吵。每一次争吵，青槐总要赢，吵不赢的时候，他的粗俗就暴露出来。他常常拿话挖苦她，刺激她。每到吵不赢的时候，他总是愤恨地说："你现在和我吵得这么厉害，后悔了吧？是不是想着嫁给了军人，会比跟我到处流浪好过些？"

她不愿听他说这些话，也不想听到他提军人，便提醒他："这是我和你的事，我不希望你提起过去和扯到别人。"

这句话又惹到他了。他更来劲了。"为什么不能提？你肯定常想着那个人。"

凌霄已努力回避英赫，青槐屡屡提起，让她很生气。他每提一次，就好像她的伤疤被再次揭起，她便每次都向他声明："我再告诉你一遍，这是我们的事，不要把别人扯进来。"

可是青槐不听，还是要说："哎呀，凌霄，你真是可惜了，那是一个军官啊，跟着他多好啊，不仅吃穿不愁，还能教你识字。现在倒好，什么也没落着，你是吃大亏了！"

"你名字里的那个'木'字真该去掉。"见他没完没了，她生气起来，也故意气他道。

果然，这句话戳到他的痛处，他仍下手里的东西，瞪着眼睛叫道："赵凌霄，我告诉你，别识了几个字就在我面前显摆。居然还叫我青鬼、木鬼，对，我迟早会变成鬼，你也会变成鬼，我们都会变成鬼，变成一堆臭肉！"

她不理他。他好像还不解恨，竟又把她母亲搬了出来："其实你妈比你聪明，她知道找个军人，那军人一定给了你爸给不了的东西，所以你妈就抛弃了你们。"

她最恨别人在她面前提起母亲以及母亲跟一个军人跑了的事。那比揭她的伤疤还令她难受，顿时，她被气得泪水四溢，她问他："你能不能像个男人一样，对女人包容一些，忍让一些，不要这样斤斤计较？"

看她流泪，他一点都不心疼，总觉得女人流泪不是软弱，而是博取同情，便说："哟，男人就不是人啊，为什么男人要让着女人？我让着你，包容你，谁让着我，包容我啊？都是人，为什么一定要我让着你，这没道理！"

一次，青槐盯着她手上的那个绿手镯看了半天，问她："镯子是你们当初的定情物吗？"

她没理他。

"问你呢，镯子是他送的吗？"他提高了声音。

"对，他送的。"她也不甘示弱地看着他说。

"为什么不摘下来？"

"摘不下来。"

他冷笑道："没听说有戴上去、摘不下来的东西，是不想摘吧？"

她也生气地回道："行，你来摘。"

他当真冲过去要摘。他抓住她的手，使了半天劲儿也摘不下来，把她的手都攥肿了。于是他生气起来，说："我就不信摘不下来。"说着，他出去捡了一块砖头，要将那镯子敲下来。

见他如此，凌霄更气了，她觉得他要敲的不是镯子，而是她。一砖头下来，镯子断了的同时，她的手腕可能也断了，便阻止他敲，为此两个人又大吵了一架。

天长日久，她终于明白了一个道理，粗俗的人就是粗俗，你没法儿不让他不粗俗。可是怪谁呢？当初倒是有一个不粗俗的人在那儿等着她，她偏要不知死活地和一个粗俗的人在一起，这是她自找的。明白了这个道理，她便不再与他争论。

青槐有时候觉得自己占了上风，便洋洋得意，还要说一些更加恶毒的话气她，为他没日没夜地掏煤找一个发泄的出口。

偶尔，青槐也觉得自己太得意了，他念在凌霄为他生了三个孩子的份上，有时候怀着愧疚的心对她说："凌霄，我觉得自己太窝囊了，不管怎么干，都不能让你和孩子过上好日子。有时候还要故意说一些恶毒的话来气你，可是怎么办呢？不拿你出气，我拿谁出气？有时候我累得像条狗一样，还喂不饱一家人的肚子，想想我就生气。有时候我和你发火，你也不要太放在心上。"可是过不了几天，不知因为什么，他又眼睛不是眼睛，鼻子不是鼻子地闹起来。

他们的日子在吵吵闹闹中度过。青槐的死毫无征兆。那天，他从矿上回来，弄得又脏又黑。洗手时他对凌霄说："天很热，我得到河里洗个澡。"说着，进屋拿了毛巾和衣服就出去了。可是，天黑了他还没有回来，凌霄担心起来，便叫了他的工友到河边去找。

在河边，他们只看到他的鞋和衣服。凌霄的心顿时凉了。那天晚上，许多人都来到河边。他们拿着矿灯、手电筒在河里找，水性好的还下到河里，等将他从河里捞上来时，人已经硬了。

　　看到他僵硬地躺在那里，凌霄痛哭起来，为他，为孩子，也为自己。以后他们永远不再吵了，但她成了寡妇，孩子也失去了父亲。尤其想到她在失去倚靠的同时，甚至连家也不能回，她感到悲哀。对于家里的人来说，她已经死了。略显戏剧性的是，当年她离开小沙村时，青槐让她制造跳河假象，可是现在，她没死，青槐却死了，她觉得这或许就叫报应，是命运对她的报应。她越想越悲伤，哭得快晕过去。

　　青槐溺亡后，凌霄去矿上要钱。三番五次地要，也仅拿到他在矿上未结算的工资，多一分都没有。工友们看她带着孩子不容易，帮她将青槐埋了。

　　青槐被埋在一片荒野的小树林里，工友们走后，她在坟头又坐了一会儿。她不知道以后该怎么办，他死了，倒是无牵无挂，可她呢？手里的钱已所剩无几，她带着三个孩子，又没法出去干活，几个月后，他们就会山穷水尽，到那时怎么办？她真后悔当初听了他的话，并有些恨他。

　　很快，凌霄就沦落为乞丐，她们常常过着饥一顿、饱一顿的日子，看着饿得哇哇大哭的孩子，她的心在滴血。后来随着消瘦，先前戴在手上摘不下来的手镯竟自己掉了下来。有一天，她将手镯拿到店里想卖掉，价格谈好后，一种复杂而矛盾的心理又促使她将手镯拿了回来。

　　小沙村是她最后的一根稻草。她决定回去的时候想着，不管我做了什么，最终那里才是我的家，哪怕所有的人都不能容我，只要我的孩子能活下去就行。

　　就这样，她回到了小沙村，几乎是带着就义的决心回来的。回来后，她的命运有了转变，虽然不是她理想的一种，但她已接受了这个现实。

　　从海棠那里听到英赫的消息，又触动了她的心事，让她陷入了更深的悔恨中。当年她不计后果实施了计划，只想着不让他们找到，却未想到其他。

　　这天晚上，当她从头到尾将往事回忆了一遍后，想到英赫曾为她跳河而悲伤后，她坚强的外壳被强烈的悔恨压倒了。她哭了，眼泪像一道无法控制的泉流顺着她的脸颊流下来。

七

此后的日子，凌霄常常在悔恨中度过。一想到过往的愚蠢，她就痛苦不堪。有时，为了孩子，她又不得不强颜欢笑。

第二年，凌霄又生了个儿子。她丈夫很高兴。先前，他对她并没有期望太高，他娶她，帮她养孩子，只是想有个家，想着将来有人养老。意外得了个儿子，让他喜极而泣。他眼里含着泪，想要向她表示感谢，却因嘴巴笨，不知说什么才好，憋到最后才说："我很高兴，从来没有这么高兴，只要我活着一天，我就不让你们娘几个饿着、受屈。"这是他能说的豪言壮语了。

新添了一个孩子，凌霄谈不上高兴还是不高兴。前些年，她跟着青槐，那是她选择的，可是他们整天吵闹，后来她厌倦了那样的日子。现在，她跟着李壮，这是她为活着选择的，他们从来不吵，但是她厌倦了自己。两年来，在隐秘的心灵深处，她清楚地认识了自己的过去。为她的愚蠢，她总是沉默，不露声色地怨恨自己。

孩子未出生之前，她常常陷在一种无法自拔的悔恨与悲伤中。觉得青槐与英赫的不幸全是因为她，孩子的不幸也是因为她。越想越觉得罪孽深重，越想越抑郁，有时候，她觉得自己病了，想要解脱，甚至想到了死。

一次她在河边坐了很久，那种死亡的欲念又来了。她无法摆脱。后来她在口袋里装满了石头，并往河里走，她觉得应该以这样的方式死去，不是为做戏，而是向所有受到伤害的人谢罪，只有如此，她才能感到解脱。她一步步地向河里走，河水漫过了她的脚踝，漫过了她的膝盖，漫过了她的腰，漫过了她的胸部。却在此时，李壮跑过来将她拖上岸。

他问她为什么要这么做。

她沉默不说话。

"你怎么能这么做，你有没有想过孩子？"

她依然沉默。

良久，他无限悲哀地说："我知道我很老了，配不上你，如果你不愿意和我一起生活，我也不会勉强你，但你不能这么做。"

最后，她才告诉他那段往事与所受的折磨。

"可是孩子呢？他们不能没有母亲。"他说，"而且你连死都不怕，你为什么还怕活着？"

一句话惊醒了她。是啊，一个人如果连死都不怕，还怕活着吗？此后，她再也没有想到过死。

家里又多了一个孩子，她明显忙了很多。从早忙到晚，忙着烧饭、洗衣、喂奶、收拾家务、到田里干活。大的孩子玩着玩着，有时还会打起来。那天，闪把安的脸给抓破了，她把闪叫到跟前教训："为什么抓哥哥？"

"妹妹把他的东西丢到水里，他说是我！"闪跺着脚说。

"那也不能抓他啊。"

"谁让他冤枉我。"

"你看哥哥的脸都流血了，要是你怎么办？"

"嗯，嗯，我就哭！"闪摸了摸头，想了想说。

"哭没用，赶紧向哥哥道歉。"

这边打架刚调解好，小的又从床上掉下来了。

小儿子稍大一些的时候，凌霄常陪他在门前的空地上玩。这天，小儿子在地上捡石头，她也陪他一起捡。头天夜里刚下过雨，大雨冲过的沙地十分光洁。她拿起一块石头在地上画起来，画着画着，突然发现，她画的竟是字，是海棠和她的名字。她没写青槐，她认的字中，青槐两个字她记得最牢，却是她最不想写的两个字。突然她想起英赫，不由自主地在地上比画了一下，发现已不会写他的名字。越是想要知道，越是想不起来，想到最后，她开始发慌。为什么要写他？她感到一种不可名状的恐惧，仿佛有一层迷雾从四周笼罩过来。她看着地上画下的一堆乱七八糟的线条，迷茫起来。晚上，她翻箱倒柜地找一样东西，在箱子的底部，她找到了那个用手绢包着的绿手镯。拿着镯子她往手上套了套，发现戴不上去。但她不敢使劲，怕戴上去又摘不下来。她不想天天对着这个物件发呆。看完，她又将它塞到箱底。

安去读书了，从她看到孩子书本的那天起，她竟生出强烈的求知欲。每次孩子放学回来，她就迫不及待地问他学了什么，然后让安教她。她不但要问，还要写，一字一字地问，一笔一笔地写。她先是跟着安学，学会拼音后，她就自己学，如饥似渴地学。

几年下来，她已认识了不少字，字写得也很端正。

看她如此好学，丈夫也很支持她。有时很晚了，见她还在写字，他也会站在旁边看她。她写字的时候，却不喜欢他站在身旁。这会让她联想到另一个人，这种联想让她觉得不好受。

因为每次新学会一个字，好像总有一句话在她的耳边响起："没关系的，我会教你的。"好像这句话成了她学习的一种动力。有时在深夜，她伏案写字的时候，写着写着，总感觉有个身影站在旁边不声不响地看着她。她会突然转头去看，可是周围什么也没有。自然，她不喜欢写字的时候丈夫站在身旁。

一晃十年过去了，凌霄可以阅读一些书籍了。当她从书本上获得一些知识后，她才发现自己年轻的时候是如何的无知和愚昧，再回头看自己走的那段路，似乎又觉得这一切都成了"来世不可待，往事不可追"的梦。

厄运再次降临，凌霄三十八岁那年，她的第二任丈夫因病去世了。她第二次成了寡妇。这次，她不像第一次成为寡妇时那么无助，她已接受了自己的命运。可是，她还是没少遭人议论。

在村子里，时常听到有人背后议论她。

"听说她死了两个丈夫了。"

"嗯，第一个和她过了六年就死了，留下三年孩子，这个也就十来年。"

"这是克夫命。"

"唉，谁娶了谁倒霉！"

凌霄并没有将这些议论放在心上，什么命就什么命吧！人生不过一阵风，刮过，又能留下什么呢？

尽管凌霄已近四十岁，嫁了两个丈夫，生了四个孩子，但她仍是一个耐看的女人，比起年轻时的美貌，她的美中有着更多成熟女人的韵味。这时候，一边有人议论她，一边又有人前来为她做媒。无论做媒的怎么苦口婆心，她总是对媒人说："让您费心了，只是我不想再嫁了，四个孩子，不仅拖累人家，而且担心谁娶了谁倒霉！"

她还掰开揉碎了地和媒人解释不再嫁的理由。媒人走后，她想着，我的人生已毁在自己手里，现在无论东风西风，也休想打动我了。

为了养活自己和四个孩子，凌霄接过了丈夫的锄头，没日没夜地劳作，但她从来不叫累。夜深人静的时候，偶尔她也读读书。她读书不是为了长多少知识，而是让内心平静。有时她伏在桌子上读，有时躺在被窝里读，读书的时候，她所有的积郁都随着文字慢慢消融了。而且读书让她有种感觉，自己在与自己交谈，交谈人生，交谈经验，交谈她复杂的经历与难以捉摸的内心。

时间一晃，又过去了两年。一个秋日的下午，凌霄去镇上给儿子买书，她从书架上抽出《悲惨世界》看了一会儿。看书的时候，感觉总有一个人在注视她。她将目光投射过去，那人正看着她。那是一个表情严峻、瘦瘦高高的男人，她并不认识他，也不明白他为何看自己，带着疑问，她又低头看起书来，但还是被那人看得紧张起来，又不好直接去问。等她从书店走出去的时候，那人竟跟了上来，跟着跟着，他竟叫住了她："您好，请留步！"

凌霄转身问道："你认识我吗？"

那人说："不，我不认识你，但你真的真的很像我妈妈。"

凌霄的心怦怦地跳起来，她紧张地问："你是谁？"

"我叫郑泽，我妈叫叶扶苏。"那人特意提了自己母亲的名字。

瞬间，凌霄呆住了。她不知道郑泽是谁，但她知道叶扶苏是谁。她还小的时候，母亲就走了，她不记得她，但大家都说，她长得像她母亲。看着面前这个男子，她知道这是她从未谋面的同母异父的兄弟，他们从来没见过。而且这么些年，他们所有人都没有想过要去打听一下母亲离开这个家之后的情况。哪怕两年前，她听说母亲走了，那个抗美援朝的军人也跟着她一起走了，她的心还是木木的。那些年，心里对母亲全是恨，从未想过要去了解她，了解一个女人为什么会走到那一步。而且那时候，她也刚死了丈夫，也没有心情打探她。

前几天，在看书的时候，她忽然觉得一个女人的精神世界是多么重要。她似乎理解了她母亲当初的选择，或许那个人真的给了她无限的精神力量，她在他的面前是精彩的，是闪光的，而这一切是他父亲所不能给予的。他默默无言的父亲似乎只能让母亲黯淡无光，她为什么不能去追求自己想要的生活。当她在那个人的面前闪光时，当他们在彼此的精神世界里互相吸引时，别人对他们的不解与恨，或许并不重要，或许也承受着别人难人理解的折磨。他们既活在快乐中，又活在痛苦中。她觉得自己可以更深层次地了解母亲，可是她已没有勇气去了解她了，因为母亲已走了。

此刻看到眼前的这个人，这个和她有着某种血缘的一个人，她的心里五味杂陈。无论此前她是多么恨母亲，但是她不得不承认她母亲的血在她的体内流淌，而且面前的这个人，是她的弟弟。久久她才说道："我是你姐姐，同母异父的姐姐。"

两个人互相看着，寻找他们的共同点，想着彼此共同的一个母亲，都伤感起来。

恰在此时，另一个人也来了。他和郑泽约好，在书店相见。那个人见到他们，有些诧异，当他认出了凌霄时，更有些不知所措。尽管二十年过去了，但她的变化并不大。除了褪去年轻时的稚气，她的模样还是那么迷人。他想到年轻时对她的痴狂，竟又不安起来。他僵硬地站了一会儿，才缓缓地问道："是凌霄吗？"他在问话的时候，声音仍有些颤抖。

没错，那个人就是苏英赫。他恰好与凌霄这个同母异父的弟弟在部队相识，又先后回到地方，两个人因性情相投，常聚在一起。今天他们约好先去书店看会儿书，然后去喝酒。巧合的是，他们的人生在这里相交了。

他们找了个地方坐下聊了起来。郑泽和凌霄说起了母亲，通过他的叙述，凌霄对母亲才有了更深一步的了解。她并没有人们传言的那么不堪，只是在情感方面，她遵循了自己的内心，但在道德上她一直谴责自己，并没有过得特别开心。有一样让她欣慰，就是她所选择的那个人一直用心地呵护与爱着她，最后与她一起走完人生。联想到自己，她觉得自己比母亲悲哀，就像他们多次提起，说她不如母亲聪明一样，她觉得自己的确很蠢。

他们姐弟两个在说话的时候，英赫一直没有说话，他仍不时地打量她，看着看着，那种莫名的感觉又涌了上来，他觉得非常苦楚。等他们的谈话告一段落时，他调整了自己的情绪，居然和郑泽开了句玩笑："郑泽，有件事你还不知道，当年，我差点儿成了你姐夫，可惜你姐不要我。"说完，他的眼睛若有所失地看向凌霄。

凌霄没想到他会当着郑泽的面提这个话题，顿时羞愧和痛苦布满全身，她在颤抖中感到无地自容。接着，她握紧了拳头，脸也一阵儿红、一阵儿白，因感到愧疚，最终变得通红。随后她茫然地望着他，向他道歉："对不起，对不起，对不起！"她一连说了好几声对不起后又补了一句："我给你造成很坏很坏的影响，自己也遭到了报应。"说完她的神情凝重起来。他也沉默了。想起往事，瞬间两个人都不知说什么好了。

看着他们的神情都凝重起来，郑泽识趣地走了。

郑泽走了以后，他们的话也没有多起来，都陷入了回忆里。

八

当年英赫与凌霄相亲时，是从部门请假回来的。那次的假期并不长，来回仅有十天，去掉路上的时间，他在家中只能待一周。相亲时，他一眼就认出了凌霄。三年前，她穿着一件白色的衣服站在河边的雨里淋雨，他对那画面印象深刻。如今，他们在相亲时再次相遇，他觉得这就是缘分。

尽管第一次见面，她对他冷淡，在有限的假期里，他还是又见了她几次。因为在相亲的那天晚上，他就翻来覆去没睡好，一想到她，他的心里像夏日的空地长满了荒草，让他感到慌乱。好不容易等到天亮了，他是坐也不是，站也不是，心里总是慌慌的，他被苦苦折磨了一整天，第二天又被折磨了一天，第三天他忍不下去了。这次回来统共就没有几天假，这么苦等下去，真是受罪。他觉得军人不该婆婆妈妈，于是，他就主动去见了她。

第二次见面，他情不自禁。当他小心翼翼地吻她的时候，曾担心她会拒绝。她没有拒绝，这让他非常喜悦。回来的路上，想着那甜蜜的吻，想着她，他仍没法平静。于是接下来的两天，他总是要找些时间，找些借口去凌霄家走一走。临归队时，他对她恋恋不舍。还没走呢，他就计划着下次什么时候回来。

回到部队，他被相思折磨得苦不堪言，想着给她写信，可那几天，与她在一起的时候，他教得字太少，想让她读懂的内容一点儿没教。现在就算给她写了信，她也没法看懂。他后悔没教她"吻"字，如果认识这个字就好了，他在信里只需写这一个字就够了。她看着这个字，或者就会想起他来。可是，偏偏没教她。知道这个结果，他还总是想着她，总觉得有话要对她说。他也想到找人代读，可是转念一想，那怎么行，他要与她讲的话，都是只与她才能讲的，又怎能让别人听到，自然这种代读的做法行不通。想来想去，他还是没法儿以书信解相思之苦。但那相思的信，他还是写了，每写一封就存起来，他想等着自己回去的时候，慢慢读给她听，或者用其他方式让她知道所写的是什么内容。

第二年冬天，在父亲的催促下，他欢天喜地地请了长假回来与她完婚，但做梦也没想到的是，在他结婚的前一天，却得到她跳河的消息。他不知道她为什么要这么做，只是悲伤地看着人们围在河边，拼命地在河里找她。因想不通，后来他问了海棠才了解了一些情况。虽然海棠没告诉她为什么恨军人，他已从别处打探到，是缘于她母亲。不管什么原因，他仍为她跳河悲伤不已。

正当苏家为未过门的媳妇跳河感到沮丧时，赵家却来了一批兴师问罪的人。他们来者不善，一再地质问他对她做了什么，害她跳了河。他还在想不通的痛苦中，见他们前来兴师问罪，更是百口莫辩。他对她做了什么呢？无非是两个恋人间的拥抱与亲吻，他并没有侵犯她。而且，那时候，她在他怀里的时候，并没有不乐意，可是他想不通，她为什么要跳河。如果她不愿意，他虽喜欢，也不会强娶她。如今她却以这种方式拒绝，让他非常痛苦。现在，她的家人来向他讨要说法，他对他们怎么说呢？难道说，他只是抱了她，亲了她，没做别的？他觉得什么都不能说，她既然选择了死都不和他结婚，他又怎能把他们之间私密的东西亮给别人，让别人来评判她和他呢！

他们一遍遍地问，他一遍遍地不语。

最后，人就变得无理起来。赵家偏要苏家赔人。东西没有了，还能想想办法，凌霄是活不见人、死不见尸，拿什么赔？他们前来兴师问罪的目的似乎也不是为了人，而是赔什么。苏家赔什么呢？除了赔不是以外，人是赔不了了，家里的东西只好任他们搬。赵家人走后，苏家像被打劫了一样，家里值钱的物件都被搬光了。

他以为他们走后，母亲也要追问他到底对凌霄做了什么。可是母亲什么也没问，只是用无限哀伤的眼神看了他一眼。好好的喜事弄成这样，一家人都感觉悲哀。他还听到姑姑对他父亲说："我当初说什么了？赵家人，上一代名声就不好，这一代谁也保不起。到底被我说着了，可是你们都不听，唉，都不听！"

当初，英赫也听到了一些关于凌霄母亲的事情，他认为这和凌霄没有关系，却没想到问题出在他军人的身份上。可是，他仍想不通。从小沙村回来后，他始终不说一句话，不吃，不喝，不睡。一家人看着他心疼，可是没有办法。更让他们担心的是，这样的事情出了后，今后他的婚事怎么办。

婚事没办成，英赫提前回了部队。当战友知道他是因为未婚妻跳河婚没结成时，都惊呆了，可是没有一个人敢问他原因。他从家里回来后，始终沉默寡言，不到必须开口讲话，决不开口。而且休息的时候，他不再和大家待在一起。他常常一个人躺在机场边那片草丛上看飞机从头顶飞过。战友们都为他担心，都小心翼翼地看着他。

后来他慢慢地接受了这个事实，但多年来，每想起这件事，他仍如鲠在喉。直到多年后，他在无意间听到凌霄没死，当年只是演了一出戏。有一段时间他很痛恨这件事，痛恨对她多情，甚至将当年给她写的信翻出来准备一把火烧了。当火柴擦着的一瞬间，他又放弃了。那是他对一个人仅留的一点儿念想，他不想这么一把火烧了。后来，随着时光的流逝，他又慢慢理解了，人生有多种不如意，各人有各人不得已的苦衷。他也不再像当年那样，发疯一样地想她了。有时他还会想起她，因为他的人生因她改变。有时他也想，如果他的人生没有遇到她，现在的生活又会是什么样？

戏剧的是，二十年后，他们竟以这样的方式相见。许久，英赫才说："当年，得知你跳河的那一刻，我无法想象你为什么要那么做。当我从各种途径听说了一些原因后，我还是不能理解，因为，一些细节证明并不像他们所说的那样，可你又为什么那么对我？"

凌霄低垂着头，根本不敢看他，跳河永远是她羞于启齿的一件事。她憋了半天才对他说："因为愚蠢，那是我人生中干过的最蠢的一件事！"

"可是，你知道，我永远无法忘记那一切，忘记那个让我在河边见了一次就再也念念不忘的人。哪怕她绝情地对我，我也无法忘记。虽然我也恨过，尝试改变。"英赫觉得有必要向她说明这件事，而且军人的固执也让他必须要告诉她。

她像受到突然的打击，惶恐地看着他，眼睛里闪过一丝悲哀，接着她将目光望向别处。

沉默了好一会儿，她才愧疚地说："听说因为这件事，你一直没成家。"

他望望她，沉重地回道："不，在部队，他们给我介绍了一个姑娘，是羞于和家里人说，仅请了请战友，两个人就在一起生活了，只是不到两年就分了。"

"为什么？"她疑惑地问。

"我也不知道，大概是性格不合。"他望着她苦笑着说。

"有孩子吗？"

"没有。"他摇了摇头。

"都是我的错，罪该万死的人是我。"她再次充满歉意地说。

他望着她，嘴巴张了张，又闭上了。有些话，他觉得还是放在心里稳妥。

"你听到过我的故事吗？"似乎是为了安慰他，她问道。

"听到一点儿。"

她突然仰起头看着他，像接受审判一样："命运对你是不公平的，对我还是公平的。你看，时间、命运已经不断地在惩罚我的罪过与愚蠢。"说着，她的眼泪再也抑制不住地流了下来。"可是，这也不能为我当初的过错赎罪！"

英赫难过地看着她，想要说些什么，可是还能说什么呢？是指责，是批判，还是安慰？他觉得，他们都被命运玩弄了！

凌霄低头流了会儿眼泪，没有道别，突然离开了。

英赫没阻拦她。他只是看着她的背影越来越远。

半个月后，凌霄收到一个包裹，打开包裹，里面还有一个包裹，包裹上面有一封信。当看到信封上的名字时，她拿信的手颤抖起来。多年前她无心去记的名字却在多年后一直深深地刺痛着她。她郑重地拿起信，信很短，只有寥寥数语，上面写着：

凌霄：

恕我冒昧，给你寄这个包裹。包裹里是我与你订婚之后，我给你写的所有的信，那时因你看不懂，便一直没寄，本想等着婚后念给你听，或教你认，可后来没了这个机会，但信还在。期间，因恨，曾试图毁掉它，最后还是留下了。上次见到你后，我将这些信从箱子里翻了出来，重读一遍后，有些庆幸把它留了下来。思来想去，觉得还是应该把它留给你，无论是二十年，还是四十年，无论你看得懂看不懂，这些信都属于你。这是当年一个想与你"执子之手"的人写的最真挚的语言。当然，如果你想听，也有人愿意读给你。

英赫敬上

一九九六年十月七日

　　看完信，凌霄又哭了，最近十多年，她已很少哭了，在见到他后，她连续哭了两次。哭完后，一种复杂的感情再次涌上她的心头。她想，他还不知道我完全可以自己读信了。当然，如果我不想听，我也可以装作不会读。但是，我们还能回去吗？

（原载于《青年文学》2017年第2期）

山里山外

胡加斋

在我们山里，凡结婚或出嫁办喜酒往往要办四顿。第一顿叫"出门酒"，在"正酒"前一天的中午办，那些关系比较近的亲戚和邻居都来吃。第二顿就是"正酒"，相当于一台戏的正本，该来的人都来了，排场自然也是最大的，酒席上的菜肴也最丰盛。第三顿叫"谢羹酒"，是在"正酒"的第二天早上办的，大约是感谢人们来庆贺之意。第四顿叫"请厨头"，特地宴请那些来帮忙办喜酒的人。一般情况下，关系越是近的亲戚吃的顿数就越多。一般的亲戚只吃"出门酒"和"正酒"。再一般的也就是"散包"，只吃"正酒"。

记得我六岁那年，泰顺县陈炉坑村的表哥结婚，家里人商量后决定由我和爸爸去吃喜酒。我和姑妈是近亲，所以"出门酒"自然是要赶上的。

我家到陈炉坑要走三十多里山路，而且沿途要翻山越岭，于是那天清晨，太阳还未上山，我和爸爸就出发了。

听妈妈说，我是个早产儿。当年妈妈怀我的时候，由于经常上山劳动，我在妈妈肚子里经受不住颠簸，只待了八个月就出来了。我出世以后，由于营养不足，长得瘦不拉几的，比起同龄人要矮一大截，身子也特别弱。于是路上，每遇到上坡下坡，爸爸就得背着我向前走。当时阳光很猛烈，爸爸的后背湿透了。等我俩赶到姑妈家的时候，"出门酒"已经开席了。

吃了"出门酒"以后，姑妈家临时缺了个去女方家抬家具的人，于是就把我爸爸叫去了。爸爸就把我托付给表姐看管。

表姐比我大两岁，身子刚好比我高出一个头。她黑黑的皮肤，圆圆的脸，笑起来露出两个小酒窝，浓浓的眉毛下长着一双大大的眼睛，脑后扎着一对"蜻蜓辫"。

别看我长得矮小，平时在家里也是像癞蛤蟆一样直蹦直蹦的，一会儿下到河里捉河蟹，一会儿爬上树杈掏鸟窝，看住我很费力。爸爸怕我在陌生的地方"蹦"丢了，于是临出门的时候，又细细地交代了我表姐一番，叫她小心看着我，别让我乱窜。

爸爸出门以后，表姐就像影子一样跟着我，有时还紧紧地攥住我的手，但我还是有机会逃脱了表姐的"魔手"。当时家里人叫表姐上楼去量米，表姐叫我不要动，她马上下来。表姐离开我以后，我的眼睛就滴溜溜直转。我看见姑妈家屋前不远处有一条小河，小河里的水清澈见底，我想那里一定有不少河蟹，于是就忍不住去了小河边，脱了鞋子下了水，翻起了河里的石头。当时正值夏天，我只感到那水凉丝丝的。

不一会儿，我就听到了表姐尖尖的叫声："表弟，你在哪里啊？"我为了在河里多待一会，装作没听见。

表姐的叫声越来越近了，最后表姐发现了我。她在河边焦急地叫了起来："表弟，快上来，被水'抽'了会肚子疼的。"

当时我正在兴头上，便说道："让我再玩一会吧！"

表姐说："快上来，给你糖吃。"说着，表姐就拿出一颗糖在我面前晃着。我到底经受不住糖的诱惑，赶忙上了河岸。表姐帮我穿上鞋，然后剥开糖纸，把一颗橙黄色的糖放进我的嘴里。

我只感到那糖硬硬的，用舌头一舔，顿时一股甜甜的味道溢满了我的全身。于是我就使劲地吮吸起来，嘴里发出"吱吱"的响声。

表姐又剥了一颗糖，放进自己的嘴里。

后来，我感到嘴里的糖变得越来越小，最后完全消失了。

我用舌头舔了舔嘴唇，伸出小手继续向表姐讨要。表姐脑袋一歪，摊开两手说："没了。"

于是我就眼巴巴地看着表姐的嘴。只见表姐的嘴唇一动一动的，由于嘴里有糖的缘故，表姐的腮边时而会鼓起一个疙瘩。表姐看着我的样子，就把糖吐到唇边，露出了圆圆的一头。我看到表姐嘴里的糖还剩下半颗大小。表姐把糖含回嘴里，笑嘻嘻地问我："要吗？"

表姐可能没料到我那样贪嘴，我说："要！"

表姐立即俯下身来，把嘴唇紧紧地贴在我的嘴唇上。我微微地张开嘴，表姐嘴里的糖就像小泥鳅一样滑进了我的嘴里。我只觉得那糖热热的，比刚才吃的那颗更香更甜。

到了晚上，爸爸他们在女方那边过夜，折腾了一天的我只感到上下眼皮打架。表姐把我抱到她的小床上。表姐的床特别小，就铺在姑妈睡的房间的一个角落里。夜里，表姐怕我从床上滚下去，就用手臂紧紧地搂住我。那一夜，我是枕在表姐的臂膀上睡的。

第二天，爸爸回来了，但我跟表姐仍然形影不离。表姐带着我去村里逛，村子四周都是树，树上的鸟儿叽叽喳喳地说着话。我想，那树上一定有很多鸟窝。表姐对我说，那鸟窝是它们的房子，小鸟就是它们的孩子，叫我以后不要破坏它们的家庭。

表姐拿着一个篮子拔兔子草，我就跟在后面帮忙。表姐喂兔子的时候，我看到一笼刚出生的小兔子，它们的毛像雪一样白。

我和爸爸在姑妈家从"出门酒"一直吃到"请厨头"。吃完"请厨头"的第二天早上，我和爸爸就决定回家。我拉着表姐的手哭着不愿意离开，表姐的眼圈也红红的。最终我还是被爸爸带回了家。

爸爸是姑妈唯一的兄弟，他们之间的往来还是比较频繁的。渐渐地，我也长大了，要上学了，我就不再跟着爸爸去姑妈家了。往后，我也曾单独去看过姑妈，表姐也曾来到我家，但我们竟然阴差阳错的没遇上过。

后来表姐结婚了，她嫁到泰顺县的另一个村子。我本来想去喝喜酒的，可那时我正在外地读师范。等到我结婚的时候，表姐跟表姐夫到外地打工去了，她托姑妈带来了二十元钱的贺礼。

不知怎么，随着年龄的增长，我心里就越发挂念起表姐。我想，要是跟表姐见面的时候提起小时候的事情，那真是天下第一等美事。但由于两人隔着一个县，不顺路，我又始终找不到特意去看表姐的理由，何况表姐大部分时间都在外地，所以我跟表姐一直没再见面。

我觉得，时间这个东西有时候会故意跟你作对。你想让它过得慢点，它就偏偏过得快；反之，你想让它过得快点，它却又慢下来。比如在寒冬腊月的早上，你六点钟醒来，准备七点半起床。你躺在暖被窝里，看着电视，一个半小时一晃就过去了。要是你一个人在车站或马路边等车，那一个半小时就好像过了一年似的。我每年都想去看表姐，但每年都没去成，于是每年都牵肠挂肚，只想让时间停下来。不知不觉，一晃三十多年就过去了。

有一次，姑妈来到我家，我问起表姐的事情。姑妈脸上洋溢着笑容，说："他们现在可好了。他们那里造水电站，如今移民到山外龙港那里。你表姐夫是个活络人，在那里办了一个鞋包厂，赚了不少的钱，如今又买了新房子。"

我知道，苍南龙港是个经济很发达的地方，比我们山里好多了。

后来我终于有机会去看表姐。根据市教育局的安排，城里的学校跟农村的学校进行扶贫结对，我们学校就跟龙港四中结上了对子。有一次，我去龙港四中参加教研活动。到了龙港，我抑制不住内心的喜悦，急忙打电话向姑妈问了表姐家的电话号码，然后又把电话打到表姐家。

电话那头传来一位中年妇女的声音，她说她是表姐家的保姆。保姆说表姐最近很忙。我说我是她的表弟，已经几十年没见面了。保姆说打电话问问"主人家"再说。不一会儿保姆给我打来电话，说表姐中午在家里，叫我过去"坐坐"。

我在学校吃了午饭，便去市场买了几斤水果，然后就上了一辆出租车。

出租车驶过街道，只见两边都是整齐的楼房与商店。街道上人来人往，络绎不绝。出租车开进了一个工业开发区，那里都是工厂，人们忙忙碌碌地进进出出。后来出租车又开进了一个居民小区，小区像花园一样漂亮。

我下了车，根据保姆告诉我的房号找到了表姐的家。我敲了门，保姆把我迎了进去。一进门，迎面扑来一阵沁人的香气。表姐宽敞的套房里一色的雪白：雪白的地面，雪白的墙壁，雪白的大吊灯，就连沙发也是雪白的。

保姆给我泡了茶，轻声对我说："你表姐正在卧室里睡觉。昨天晚上十二点才回来，早上六点钟就出门了。"

我问起表姐家里的情况。保姆说我表姐的两个孩子都读大学了。表姐夫大多数时间在外边跑，厂子里的各种应酬都由表姐来处理。

我跟保姆聊了半个小时左右，卧室的门开了，表姐穿着一件雪白的睡衣，睡眼惺忪地从卧室里出来。她看到了我，脸上露出了笑容，带着一身的倦意说："是表弟吧，好多年没见了，我都认不出你了。"

我正要说"是啊，小时候你还剥糖给我吃呢"，可表姐已进了浴室，不久从浴室里传出哗哗的流水声。大约过了二十分钟，我听到表姐的声音："张姨，把卧室里的那套衣服给我拿进来。"

又过了十分钟，表姐从浴室里出来了。我看见表姐穿上了粉红色的上衣和白色的牛仔裤，身姿比刚从卧室里出来的时候更加婀娜高挑了。她的头发长长地披到肩上，文过的眉毛尖尖地向脸颊边透去。涂上脂粉后，表姐的脸更加白皙，嘴唇也鲜红鲜红的。在表姐的身上，我再也找不到她小时候的影子。

表姐来到我跟前，俯下身子从茶几上拿了一个橘子递到我的手里。

我看到表姐的手指尖尖的，指甲上涂着红红的指甲油。表姐转身往门边走去，换上一双白色的高跟鞋，转过身对我说："表弟，我下午还有一件重要的事情要办，就不陪你了，你晚上就住在这里吧！"说完，"砰"的一声关上门就消失了。

我茫然地坐在沙发上，最后告别了保姆，悻悻地离开了表姐的家。

从龙港回来，我对表姐的挂念仍没有消失。我默默地想，或许等表姐年老清闲下来的时候，我们再见面，就可以好好地叙旧了。

过了一年，我去看姑妈，问起表姐的事情。姑妈心情沉重地说："她现在的境况很不好，你表姐夫离开她跟一个年轻的女人成家了。"

又过了一年，我接姑妈来家里住。姑妈哽咽着说："你表姐患了乳腺癌，已经不在人世了。"

我的心"咯噔"了一下，眼泪潸然而下……

（原载于《广州文艺》2013年第3期）

三巴掌

胡芳妹

一

"抓回来没？"

"逮回来了，不过，那个男的跑了。"

大个子男人"嗯"了一声，又不放心交代道："等会只管把人带进来就好，别多话。"

"晓得的，那武哥，我去把嫂子……"六子被罗旭武拿眼珠子一瞪，噤了口，隔了一会儿，接着说，"我去把那婊子带过来。"

"呸，浑小子，怎么着也是我嫂子，你怎么能叫……"罗旭武也是恨得牙痒痒，哥对她那么好，怎么就敢背着人干出这么良心被狗吃了的事。他朝旁边地里狠狠啐了口唾沫，说，"去，把那个女的带我哥屋里去。"

"妈了个巴子，啥狗屁事都给摊上了。"罗旭武自言自语着向里屋走去。

这几天累得够呛，家里统共就两兄弟，老早以前有什么好的，罗旭文都会让着弟弟，罗旭武长大后，罗旭文又娶了兰芝，除了孝敬爹妈的，其余啥好吃好喝好穿的就都进了这个女人屋里。家里头稍重些的活儿，罗旭文都会自己接过去，就连擦桌子抹地这些个小事也舍不得新媳妇做。

罗旭武就想不明白，村里还有哪户人家是这么疼媳妇的，爹妈都有些看不过去，媳妇娶过门是伺候公婆和自家男人的，现在却有些反了。

可兰芝怎么就跟个没见过几面的木工跑了呢？还没出镇呢，那个小白脸就自个儿夹着尾巴跑了。果真还是老娘说得对，这媳妇宠不得，都给宠出这么多幺蛾子了。六子没骂错，这娘们就是个不要脸的臭婊子。

但罗旭文是清楚兰芝为什么跑的，就是因为清楚，他才窝囊得藏屋里这么些天。他想着，兰芝能跑就跑吧，跑得了，家里今后也就安生了，自己也好断了念想；如果跑不了，男的就把他腿给打折了，至于兰芝嘛，还没想好。

兰芝长得也不算漂亮，就是干干净净的，皮肤也白，不过十七八岁的，少有姑娘不水灵。罗旭文比她大了近一轮，早先家里穷也娶不起媳妇，后来遇着个贵人，因着人老实，干事又勤快，便进了乡里的供销社做事，算是有正经工作的人，慢慢积起了老婆本，上门给介绍姑娘的七大姑八大姨也渐渐多了。

罗旭文也晓得自己长得不咋样，不像罗旭武人高马大，身子壮实，加上年纪摆在那，打听的都是些老姑娘，并非长得歪瓜裂枣，但总也不怎么顺心，那都是些没人要的，觉得接手了心里硌得慌。

就在五个月前，邻村王大婶给介绍了刘兰芝。罗旭文同老娘头回上门见人时，刘兰芝就拾掇得干干净净，羞红着脸坐在她爹妈边上，静静地低着头一句话不说。罗旭文怎么看怎么喜欢，他一个劲儿给刘兰芝空下的碗里倒带来的牛奶，看她一直不停地喝着，偶尔抬眼悄悄望一眼罗旭文。

刘兰芝家穷得很，下面还带着七个有爬有走的弟妹，只见过没喝过牛奶这些个稀罕物，家里即便有也轮不着她，难得今天爹妈没意见，自己也不好意思抬头，便由着罗旭文倒了一碗又一碗，自己慢慢喝着。

其实刘兰芝心里是顶瞧不上罗旭文的，长得黑不溜秋还憨憨的，一看就不讨人喜欢。但自个爹妈瞧上了，说他老实不会欺负人，还挺能干，自己嫁过去只会享福。她想着，只要不用一天到晚看着底下聒噪的娃娃，去哪她都愿意。

二

隔了两天，刘兰芝就被她爹妈送到了罗家，说是按着村里习惯，先让姑娘到夫家住段时间习惯习惯。罗旭文也晓得，刘家穷得揭不开锅，能少一张嘴是一张，送刘家爹妈回去时，还去仓库里扛了一袋谷子带上。

对于刘兰芝的到来，罗文旭笑得合不拢嘴，天天好吃好喝当菩萨供着，还不让她下地干活，不过一个多月的光景，给养得白白胖胖，越发好看了。罗旭文他娘看不过去，干活总要叫上刘兰芝，有时免不了念叨几句："哪有娶媳妇这样惯着的，这还没过门呢。"刘兰芝面上不回嘴，转个身便向罗旭文撒娇喊累。

罗旭文心疼未过门的媳妇，敲腿捶背伺候着，还同自己老母顶过真。他老娘觉得大儿子不容易，也就不再拘着束着刘兰芝，想着反正小丫头片子早晚要进门，等过了门再管教也来得及，先别驳了儿子的面子。

约莫又过了半个月，罗旭文拎着大包小包上刘家正式下了聘，接下来几日热热闹闹，终在一个宜嫁娶的黄道吉日将刘兰芝迎进了门。

说到底，刘兰芝还是不情愿的，她不喜欢罗旭文这个人做自己的男人。即便罗旭文宠着惯着她，她也只将这个男人当长辈来看。当她的男人，虽不奢望像戏文里的风流才子一般俊，总该年岁相当吧。

占着罗旭文宠着自己，洞房花烛夜刘兰芝裹牢了被子，不打算让罗旭文碰自己。却不想罗旭文当天给灌了不少酒，从早就开始想着新媳妇白嫩嫩的脸蛋和小手，到了夜里哪里还顾着这些，借着酒劲，用蛮力就将刘兰芝给办了。

第二日清醒了，罗旭文有些畏畏缩缩，看着床里啜泣不停的小媳妇，大冬天里光着膀子跪在被上赔不是。

刘兰芝也不理他，就是要哭给他看，她觉得自己委屈了，也不能让别人舒服了去。她起先觉得自己之前一直是被罗旭文装出来的样子给骗了，现下见他孬种般跪在跟前，心里更瞧不起他。她觉着，这个男人也就这样，真是窝囊。

连日来，刘兰芝都没有什么好脸色给罗旭文，有时性子上来了，还会摔下饭碗，但也不真摔，就做做样子。罗旭武见不得嫂子这么明里落哥哥面子，一次没忍住，就当着哥哥面明着讽刺了几句，末了拿牛大的眼睛狠狠瞪一瞪。

刘兰芝对罗旭武却是不敢怒也不敢言的，她也就敢拣罗旭文这一个软柿子捏。其实罗旭武就比刘兰芝大三岁，有时也是小孩子心性，罗旭文笑笑没理会。

虽说罗旭武也就二十出头，但他常年上山砍柴下地种菜，长得虎背熊腰很是有劲，掐起架来跟头狼似的凶狠，在几个村里，名头都是响当当的。刘兰芝不只听过罗旭武打架的狠劲，早年还亲眼瞧过。她就纳闷了，同个娘胎出来的，他们两兄弟怎么就差这么多。

罗旭文他娘见家里没个安生，刘兰芝在家也帮不上啥忙，看她闲得长草自己心里也堵得慌，便让罗旭武想个法子，将跟前瞎晃荡的刘兰芝给安排到哪个地方上班去。罗旭文应下了，寻思着能将兰芝安排到哪处比较妥当。

而闲来无事各处串门的刘兰芝也渐渐同邻里熟络起来。

三

“旭文呀，你也管管你媳妇，三天两头往外跑，都快跟你一样只在夜里着家了，太不像话。”罗旭文他娘忍不住念叨一句，当初就觉得这小丫头片子性子太跳，可就是转不过儿子弯来，前些个介绍的多贤惠呀，非要这么个不懂事的。

"好了妈，兰芝都同我说了，不过就陪陪张婶，都是街坊邻里，人一个老太太生活，去帮衬帮衬也比在家没事干好。"罗旭文觉得老母瞎操心了。

"呸，你个不长脑子的，家里那么多事我一个人干，什么叫没事干？白养你个白眼狼。"他娘咋呼呼地甩上了门。

罗旭文不傻，听六子咬过舌根，说张老太请了个木工在家里做活，因人是外地的，老太太就包吃包住，免了些工钱。那木工他远远站着瞧过，白白净净长得不错。但兰芝一直陪着张老太闲唠嗑，几天也没人瞧见她和木工讲过话。

自个儿稍微一提这事，兰芝就死命地哭，像是遭人冤枉受尽了委屈，还没开口多讲什么就这样了，罗旭文哪还敢再开口。暗地里观察了几日，瞧着也都是规规矩矩的，也就放着了，只是还留着个心眼，想着大伙儿都看着，青天白日的能出什么事，老母还在边上守着呢。还是给兰芝找个活干要紧，办成了也就没这么多事了。

可就在头天夜里，兰芝竟毫无征兆地跟着小白脸木工跑了，啥东西都没带，就带了两套娘家带来的衣裳。罗旭文连着几天夜里都在忙刘兰芝进卫生所的事，乍听到这消息，好久都没回过神来，想着是哪里做错了吗，没呀，那怎么兰芝就跟个没讲过几句话的外乡人跑了呢？

罗旭武气得不轻，啥好吃好喝都给臭娘们占去了，还没留下个崽就想跑，呸，这回面子里子全丢完了，拿过门后麻绳就要去追，回过头又问六子："哪个方向？啥时候晓得人跑了？"

"麻子晌午就在地头上瞧见两个人跑了，朝镇里去的，那王八蛋山西过来的，八成想带嫂子回乡，追快些，上车可就没戏了。"六子推了推罗旭武，示意边走边讲。

罗旭文没什么动作，就愣愣地站着，看弟弟和六子跑去追人，他就想着一句：这在早些时候是要浸猪笼的呀。

罗旭武脚程快，带着一伙弟兄追了一宿，终究在岭山头把人给截住了。气喘吁吁的木工回头远远瞧见追来的身影，立马甩开刘兰芝伸出的手，转身便跑。想起刘兰芝的气急败坏及木工的落荒而逃，罗旭武就憋不住笑，压在胸腔的恶气仿佛瞬间就出了。

把人绑着进了屋，罗旭文看着狼狈的刘兰芝跌倒在地上才找回了一些真实感。

"哥，你说咋办？"罗旭武见哥哥不吭声，上前问了一句。

"你们都出去。"

屋子空了，就留了罗旭文与刘兰芝。罗旭武同六子及其他几个叔伯兄弟站在屋外听里头的动静。

"啪啪啪。"连着三声有节奏的巴掌声。屋里女人大叫："你干什么？"

紧接着，又连着几声巴掌声响，都是下了力气的，屋外人都能听到回声，女人叫了几声便没了声响。

"我是不争气，臭不要脸的，你给我生出个带把的就滚回娘家去。"怒骂过后，门被打开，罗旭文走了出来，又重重摔了门，更多的怒气撒在门上。

村里顾及罗家面子，事情就这么慢慢淡了，刘兰芝进了卫生所安安分分地工作，再后来，九月怀胎，带把的儿子落了地，她也没离开，虽然有时还会给罗旭文脸色看，但一直也相安无事。

1975年的一天，罗家突然就搬到镇里去了，村里少有他们的消息，只在2009年听说罗旭文得癌症走了，曾经给他们做媒的王大婶还和刘兰芝有着联系，就老听刘兰芝反复念叨那几句话："老头子在时地抹得可干净了，现在也就剩我了。""那三巴掌打在他脸上，我现在想起来才心疼。"

（原载于《江南》2016年增刊）

养狗记

钟金锋

狗在中国文明古国的历史档案里，似乎并不是某个民族或部落的图腾，所以在国人眼里是不怎么起眼的动物，于是就有"走狗""狗屁不通""狼心狗肺""狗改不了吃屎""狗娘养的"等不雅的词在日常生活中流行。还真为狗打抱不平，狗怎么和褒义词如此无缘。

然而，随着"洋流"的进入，国人对狗又产生了新的认识，养狗似乎成了时尚，但这些狗与传统的狗血统不同，模样、毛皮、花色、大小皆与中国狗不同。中国人时尚的是洋狗，每每看到狗主人拉着狗上小轿车、摩托车、自行车，甚至干脆抱在身上如同亲囝囝一样逛街，此时的狗已不是狗，他是主人身份的象征，谁抱出的狗漂亮、时尚，谁的身份地位就高。过街遇上朋友、熟人，往往要赞美几句。如同事、好友也有养狗的，也便成为"狗友"，平时一有空便坐下来交流研讨养狗经，别有一番趣味。

且说老朱，年近六十，经营糖烟酒的小店。六十对于男人是个不算大也不算小的岁数，而对老朱来说，已经是步入老年的行列了。因为老朱一不打牌搓麻将，二不抽烟喝酒，三儿女全都在外，只与老伴共同生活，小店生意较淡，生活过得清闲。人啊，就是这样怪，忙时，总想图个清闲，一旦清闲了，这日子便也不易过。每天看着太阳出来，盼着太阳落下。这寂寞的生活还真的让老朱闷得慌，只有逢年过节，儿女外甥成群回家，老伴两人忙里忙外地折腾一段时间，才能享受这老人的天伦之乐。

邻人看着老朱如此寂寞，便劝她去买几只猫或狗来养，这猫狗本是老朱讨厌之物，可这寂寞的日子确实难打发。人年龄大了，性格变得随和起来，听人这么一说，回家便与老伴商量起来，老伴不大多言，大事小事皆由老朱敲定。既然老朱开口了，老伴便说："老娘家的老母狗前些日子刚产崽，去抱过来养便是了。"

小狗来了，当然是国产的，老朱的生活开始有了变化，套狗链，备狗碗，做狗窝，忙得不亦乐乎。这狗也没辜负老朱的一片好意，可能是狗还小，即便离家换了新主人，只要有饭吃，便也摇头摇尾，大声嗷嗷。那股热情劲儿，还真让老朱过上了一阵充实的日子，可好景不长，事情又有了新的变化。

老朱年轻时练过武，学过医，做过大大小小的生意，故懂得不少医术及养生之道。他曾是一个闯荡江湖、广交天下好友的老江湖，尝遍各地好酒名菜，如今老朱年龄大了便滴酒不沾，饭菜要求清淡，一荤四素一汤，常年如此。餐后，四素一汤可能吃光，而这鱼、肉之荤，三餐后便是倒掉。自从狗进门，这荤变成了它的独享之物。这农村的狗，一进城就过上了如此"洋"的生活，那真是穷家囡嫁了富人家。这不，一个月未满，这小狗变长了许多，看它油亮的毛发，乌黑发光的眼睛，老朱见了还真是乐，这狗也才真讨老朱喜欢，每逢老朱从身边走过，站起来便是一个热烈的拥抱。老朱便喜笑颜开，用手拍拍狗头："乖乖，听话，等一下给你拿好吃的。"

老朱还特地给狗配制了一周菜谱，猪肝、猪肺、猪心全都列在谱里。

好景不长，乐极生悲，一场流行性"狗流感"席卷而来，凡是老狗、弱狗都难逃此劫。老朱更是不敢怠慢，打预防针，感冒药预先给狗服了，而且还对狗提前采取了隔离措施，但还是无济于事。小狗首先出现的是厌食，接下来便是流眼泪，流鼻涕，而后便干脆绝食。老朱望着狗一天天消瘦，心里还真是发酸。老朱心里琢磨，这狗可能不行了，便与老伴商量请小舅来趁活着拉去杀了，免得连汤都没有。

第一条狗，头尾只三个月就这样结束了。

第二条狗，经历大同小异，共养了四个月也便拉出去杀了。

这一来二去，老朱还真摸不到头脑，看着邻居散放的"野狗"，虽骨瘦如柴，但几度春秋依然健在。而他这条狗整日吃好睡好，养得白白胖胖却遭厄运，呜呼，悲哉！

从此老朱不再养狗，每逢有人提起养狗，老朱便沉默不语，人走后，忍不住时喷出一句："狗，真不是个东西，特难侍候。"

（原载于《江南》2016年增刊）

伤　痕

夏景彩

一

今天是周五，下午下班后悠然回了家，可是老公没有来车站接，她很失落。她没有打车，避开嘈杂的街市，慢悠悠地走在暮春的林荫道上。她感觉自己是一缕疲惫的风，想停留，却没有枝叶愿意接纳。

悠然到家已经快六点了。打开房门，一股难闻的气味扑鼻而来。家里凌乱不堪，房间里弥漫着浓浓的烟味。悠然不禁皱起了眉头，疲惫的感觉越发强烈了。她懒得收拾，打开电视，恹恹地靠在椅子上休息。

过了一会儿，老公回来了。他走进房间，一股浓重的烟草味随着飘进来。悠然习惯性地用手扇了扇鼻子前的空气，抱怨道："又抽那么多烟！小心你的肺！"

老公没有理会，因为听多了已经没有感觉了，就不再把这话当作话了。他说："下午单位事情多，所以就迟了，我们到外面吃饭吧！"

这个家其实不太像家，儿子住校，她和老公也在单位吃食堂，只有在双休日他们家才会开伙。

吃过饭，老公说今晚要去单位加班，悠然只好一个人在房间里待着。周末回家还得一个人面对沉默的四壁和冰冷的电视电脑屏幕。悠然心里空荡荡的，突然好想哭。

她在网络上待了一阵子，感觉挺无聊的，就想打电话叫老公早点回家陪她，可是她拿起手机犹豫了很久还是放下了。她关了电视，关了电脑，关了电灯，躺在床上，在黑暗里瞪大眼睛胡思乱想。

十点多，老公回家了，也没有多说什么，洗澡，然后睡觉。肌肤碰触，积攒一周的激情被点燃了……

当悠然的手抚摸老公的胳膊的时候，她感觉有个地方很粗糙，就在那粗糙的地方来回摸索。最后，她确定那是几道划痕。为了证实，她打开电灯，是三道很明显的划痕。她的心一下子降到冰点。那三道划痕像是耀眼的闪电，划破悠然情感的天空，激情隐没在乌云背后。她的双手无力地从老公身上滑落，神情变得极度黯淡，痛苦蚕食她的心。

"老婆，你怎么了？"老公感觉到了悠然的突然变化，温情地问。

"你手臂上的划痕是怎么回事？"悠然原本不想说，可她还是忍不住问了。

"哦，是我自己抓痒的时候抓的吧。"老公很坦然地回答。这是多么熟悉的解释啊。悠然的心在隐隐作痛。

很多年前老公身上类似的划痕又出现在悠然脑海里。至于来历，也是相同的解释——自己抓痒的时候留下的。可是谁又会在自己抓痒的时候留下如此深的抓痕。悠然想印证老公的话，曾经在自己身上狠狠地抓，可是没有达到预期的效果，好失望。那段时间，她几乎要崩溃了，她怀疑老公跟他朋友的老婆小兰有关系。为了此事，她经常找老公吵架，可是又苦于找不到确凿的证据。时常出现在老公背上、手臂上的那些伤痕梦魇一般缠绕着悠然，让她痛苦不堪。如今，悠然已经不记得自己当年悲痛欲绝的心情，只记得那女人离开了，他们的生活才渐渐恢复平静。而那些伤痕，好几年之后她才渐渐淡忘。

难道那女人回来了？最近老公的表现让她不满，以前每周还会打一两次电话，可是最近如果她不给他打，两个人就说不上话。以前，她回家时老公会来车站接她，可是最近都叫她自己打车回家。她隐隐约约觉得老公心里没有了自己。

　　人家都说她老公是个忠实的男人。他的朋友开玩笑说，她老公此生只有一个女人，死后到阎王殿一定会被锯成两半。可是悠然知道，人家这么评价是因为他只是一个小老百姓，没钱没权出手不大方，而且不修边幅，不会招女人喜欢。可是感情的事从来都是萝卜青菜各有所爱，谁又能保证他这辈子不会遇到投缘的女人呢？他和那个女人的事情虽然没有证据可以证明，但是直觉告诉她，他们就是那种关系。

　　这一夜，悠然怎么也睡不着。

二

　　第二天一早，悠然看见老公醒了，用很平静的语气说："老公，要是有女人了千万别瞒着我，我不想天下人都知道了，就我还蒙在鼓里。"

　　"你呀你，总爱胡思乱想。"

　　"我也希望是自己想多了。"

　　"我对你都那么放心，从来没有怀疑你什么呀。"

　　"那是因为我一直就是个本分的女人，没有什么可以让你怀疑的。"

　　"你呀，不要想那么多。我就想，要是你跟人家好了，就当作不知道。只要你们没当着我的面做爱就行。"老公边说边笑。

　　悠然也笑嘻嘻地说："你这话的弦外之音就是叫我容忍你出轨，没有让我看到你和其他女人做爱就是天大的面子了，对吗？"

　　"别误会，不是这意思。"

　　"要是这样的话，你应该告诉那女人，不要在你身上留下这些伤痕，不然我没有办法欺骗我自己。"

　　"你呀，都老夫老妻了，对我还这么不放心。说过是自己抓的，你又不信，唉！"

"嘿嘿，以后我也要找个男人，叫他抓我咬我，留下点记号，看看你还会不会这样坦然。"悠然的语气是轻松的，可是却觉得一股悲凉在心底升腾，都四十好几的女人了，还有什么机会遇到自己愿意跟他上床的男人啊。当然，找个网友一夜激情只是一句话的问题，但这不是她愿意做的。

"哈哈，那你赶紧找吧。"

悠然觉得奇怪，她跟老公说这些话的时候，自己心里竟然没有一点痛苦的感觉，似乎纯粹是在开玩笑，是因为她相信自己的老公不会做出格的事情吗？可是她一直无法说服自己这样想。是因为自己已经麻木了，对他不再抱有希望吗？似乎也不是。难道像人们说的，女人上了年岁对婚姻有了不一样的理解吗？也许是吧。

她躺在老公的臂弯里，闭着眼睛呼吸他身上散发的熟悉气息，又不自觉地激动了。老公把她压在身下，她轻轻抚摸着老公的背脊。突然，她停下来，用右手食指的指甲在他背上使劲划了一下。她只想证明多大的力气能在一个男人身上留下记号。

老公惊叫了一声："你干什么呀！"

"呵呵，没干什么，只是想在你身上留下一点记号而已。"

老公无语。

悠然只是看到皮肤鼓起一条杠，但是没有划破，她更加茫然。

悠然在想，这个女人真的就狂野到在男人身上乱抓吗？或许她是有企图？记得很多年前她就离婚了，后来便没有了音讯，不过听说她一直没有再嫁。难道她又回来了？她这么做是故意给她难堪的吗？既然这样，那好吧，看看咱俩谁留下的记号多。可是那又怎么样呢？受伤的还是自己，自己拥有的只是丈夫的躯壳，而每一道划痕对自己来说都是屈辱。

"要去证实这件事情吗？"悠然问自己。

"不！"悠然回答自己，很坚决。

很多年前，悠然就已经不再看老公的手机，不再过问老公上网聊天的事情，不再过问老公和谁交往。她只想固守自己内心的那份恬淡，平静地生活。她只想做一个糊涂的女人，因为她知道，很多时候，瞎一只眼睛聋一只耳朵比耳聪目明活得轻松自在。她遵循着自己的快乐原则，在自己的世界里活着，只在双休日的时候跟老公一起生活一两天。

经历了十几年的风风雨雨，悠然对婚姻中的很多东西都看淡了，对老公没有了要求，只有包容和理解。但不管包容到什么程度，老公身上那些划痕，都是她内心最深最痛的伤，那些伤痕就像夜空里的闪电撕裂漆黑的夜幕，撕裂悠然平和的心境。悠然觉得自己就是冬夜里枝头上孤零零的一片叶子，在寒风中颤巍巍地摇摆。

三

从春到夏，日子依然不咸不淡地过着，可是悠然的内心不再平静。她发觉老公在极力迎合自己，她回家的时候老公又像以前那样来车站接她了，生活上也处处小心对待她，可是她觉得这一切都是那样的牵强，就像一个做错事情的小学生诚惶诚恐地面对自己的老师，更像一个犯了案的小偷面对来调查案情的警察。

更糟糕的是，他们在一起的时候老公不再有激情，而悠然的手抚摸到老公的手臂的时候，会不自觉地想起那三道伤痕，不，应该还有从前留下的。

做爱的时候老公闭着眼睛不再看她。每当此时，悠然觉得自己只是一个替身，她就在脑海里搜索自己心仪的男人的身影，可是她从来没有跟老公之外的男人上过床，她无法把老公想象成别的男人让自己的内心获取平衡。有时做梦和人做爱，对象依然是自己的老公，她觉得自己好可怜。

悠然的心理严重失衡了。她苦闷，郁郁寡欢。和老公磕磕碰碰这么多年，她一直明白，老公从来没有真正爱过她。他只是在该结婚的年龄跟她结婚而已。这几年两人因为工作关系分开过，感觉关系在改善，可是好景不长，那几道该死的伤痕彻底扰乱了她的心，甚至生活。

为了排解心中的烦闷，悠然经常在网上跟人聊天。她竟然答应一个网友和他见面。她清楚地知道，这是在作践自己。这辈子除了老公还没有人能真正打动她。更不是为了寻找刺激，因为她一直以为床上那点事就那么回事。她这么做只是想找到一个平衡心理的支点——她要让自己超常规的行为掩盖那些伤痕带给她的伤害和困扰。

初秋的一天，悠然如约见到了那个男人。那个男人也算是她的网上熟人了，可是面对面站着的时候，却感觉那么陌生。那男人很热情，可是悠然很拘谨，战战兢兢地跟那男人吃了一顿饭，接着他们找了一家小宾馆开了一个房间。悠然跟着那男人忐忑不安地走进房间，她坐在沙发上，低垂着眼睑不敢看那男人。她的心"突突"地跳着，其实她早就后悔了。

那男人坐在她对面，笑嘻嘻地望着她。悠然脑海里一片空白，她问自己，面前的这个男人，就是那个这些年来一直在网上陪她听歌，陪她看电影，陪她聊天的男人吗？可是从始至终，他不曾深刻地打动她，即使是在此刻，她依然无法真正地接受他。然而，为了消除心中的伤痛，她竟然从屏幕中走出来跟他在一起，这是多么荒唐的事情。她感觉自己简直是疯了！可是如今已是箭在弦上，不得不发了。

接着，该发生的事情就那样发生了。悠然哭了，哭得很伤心，但她不知道自己为什么哭。那男人一个劲儿地道歉。悠然说："不要误会，这跟你没有关系。"

原本说好一起过一个晚上的，可是悠然没了那份心情，就说想自己一个人待着。那男人连夜走了。

那一夜，悠然无法入眠。她回想近期发生的一切，又情不自禁地珠泪涟涟。那男人打电话过来，悠然没接，之后发短信告诉他，以后就不要再联系了。那男人电话加短信一个劲儿地道歉。悠然重申这跟他没有关系，叫他不要多想，然后关机。她想止住眼泪，可是最终还是无能为力。

回到家，她把那人的 QQ 拉进了黑名单，之后也很少上网聊天，更没有添加新的网友。

一连几个月，悠然都是在惶惶中度过。她的出轨没有使她像预想的那样获得内心的平衡，相反，她无法抹去自己给自己留下的伤痕。

四

尽管悠然想方设法充实自己的内心，可还是难以逃脱不如意的生活带给她的困扰。最近她总是神情恍惚，加上将近年终，单位的事情特别多，她变得丢三落四。某个周一，悠然到单位才发觉有一份资料忘在家里，第二天又有急用，她只好下午下班后回家取。

她回到家，看见房门开着，一个女人背对着门坐在客厅里，隔着茶几跟老公说着什么……

看见悠然回来了，老公愣了一下，说："你今天怎么回来了？怎么不说一声，我去接你。"

那女人站起身，朝悠然微笑了一下，友好地说："悠然你回来了。"原来是她！悠然像遭了雷击似的，对那女人的话竟然毫无反应。

老公连忙说："悠然，小兰是为她孩子的事情来找我。"

"是吗？真巧啊，选我不在家的时候来谈。抱歉，打搅了，你们继续！"悠然咬紧牙关控制着因痛苦和愤怒而打战的声音。她没有像年轻时那样掉头就走，而是进书房找寻自己需要的资料。

那女人很尴尬，明显感觉到目前这气氛已经不适合继续待下去，但她很疑惑，悠然这是怎么了？以前她们还经常一起玩的，几年不见怎么就变化这么大呢？她说："悠然，你不要误会，我真的只是为了孩子的事情……真的很不好意思，打搅了。"小兰满怀歉意地退出了他们家。

老公还想解释几句，悠然冷冷地说："不要再说了，我不是三岁的小孩。"老公沉默了。

那一夜很漫长，彼此无语。

第二天，悠然上班，老公送她。悠然默默上车，一路无语。下车的时候，悠然说："好自为之吧。请尊重我的感受，希望以后不要把女人带到家里来，尤其是那个女人。"

她想听到老公的辩解，想听到他说这只是巧合，他们之间根本就没有什么，可是老公欲言又止了。

悠然绝望了。她不知道自己是怎么走下那辆公交车的。她在极力控制情绪，可她还是失控了，眼泪肆无忌惮地花了她的妆容。

一切都清楚了——老公身上的伤痕，老公情感的变化，以前只是怀疑，如今已看到她登堂入室，那几道伤痕是多么无耻、多么疯狂的示威啊！她感觉自己的心被那个女人撕扯成一条条肉丝，而他的老公在一旁乐呵呵地看着。

五

那一周，悠然没有打电话给老公，老公也没有打电话给她。她没有回家，就在单位住着，对同事们说老公出差了，回家也是一个人，不如在单位住着。

下一周，悠然还是没有回去，她和老公还是没有通电话。但是，周末她不敢再住在单位了，怕同事们猜疑，也不想打搅朋友，于是决定出去旅游散散心。其实这两周对她来说挺漫长的，她的气也已经消了，她甚至觉得自己这样做是不是太不理智了。

再下一周的周末，老公来电话了，叫她回家，说要好好谈谈。悠然喜忧参半地回去了。结婚这么多年，她和老公吵架赌气不回家是常有的事情，可是老公从来没有主动叫她回去过，都是她自己气消了之后回的家。难道这回老公知道自己做错了？

悠然回到家里的时候，老公正在厨房里忙着。她并没有跟老公打招呼，也不去帮忙，径直走进了房间。房间里很整洁，这是出乎她意料的。难道自己不在家的这些日子那个女人住在家里吗？她在卧室和卫生间里细细搜寻，可是没有找到任何蛛丝马迹。是老公知道自己做错了，借此来弥补自己的过错吗？可是，这不符合他的性格。他这人是不会轻易认错的，像这样的事情只会死不认账。或许是自己多疑，他和那个女人真的什么事都没有。想到这，她情不自禁地高兴起来，突然觉得自己是那么傻，为了一件没影的事情生了三个星期的闷气，真是傻到家了。

饭菜上桌了，很丰盛，都是悠然喜欢吃的菜。悠然很感动，觉得自己这回是真的错怪老公了。可是不知道为什么，她总觉得有点儿不对劲。

老公把最后一道菜端上桌，坐到了悠然对面。悠然抬眼看了看，感觉老公明显瘦了，眼窝也深陷。她有些心疼，不过转念一想，他是自作自受。

两人都不说话，餐桌上的气氛有点沉闷。

"这些都是你喜欢吃的菜，多吃点儿。"老公率先打破沉默。可是悠然觉得这话里有化不开的陌生感。

"嗯，你也多吃点儿。"

两人只顾闷头吃饭，再没有说话。

饭后，悠然马上起身洗碗。老公在客厅里一根接着一根地抽烟。悠然忙完厨房里的事到客厅坐下。老公欲言又止，接着又是长久的沉默。悠然很难适应这样的气氛。一年前，老公还是个话唠，两人在一起总是他说得多自己说得少。这一年来，老公的话渐渐少了，但不至于像现在这样相对无言。她隐隐约约觉得今天气氛不对。

"你不是说要好好谈谈吗？现在怎么不说话了呢？"

老公把烟头在烟灰缸里狠狠地掐灭，清了清嗓子，说："悠然，我就不跟你兜圈子了，你也是直肠子，我就直说了。"

悠然的心提到了嗓子眼，她预感到情况不妙，但是她假装淡定地说："你说吧，我扛得住。"

"我们还是离了吧。"

虽早有心理准备，但还是犹如晴天霹雳。尽管她从前无数次地说过这话，但是从来没有想到这句话会从老公嘴里说出来，而且是斩钉截铁地说出来。

悠然定了定神，说："总得给我一个合理的理由吧。"

"这二十多年是怎么过来的，你心里比我更清楚。这不也是你所期望的吗？还需要别的什么理由？当然，我承认，是我对不起你……"

"你！……你！"悠然的情绪失控了，她"噌"地站起来，声嘶力竭地怒吼着，"就为了那个女人吗？"

"不是你想的那样。我不想跟你吵架，你好好考虑考虑吧。"老公说完就起身出门了。悠然像根木桩似的立在那里，喃喃自语："不，这不是真的！不是真的……"她颓然坐下，感觉身体像散了架似的，心像被无数根针扎了一样疼。眼泪涌出眼眶，顺着脸颊流下来，她无力擦拭，任由泪水肆虐……

她清楚地意识到，要是十年前老公这么说，她不会像现在这个样子。结婚不久，她就感觉到他们的结合完全是个错误，她想放弃这段婚姻。以她的话说，他们俩都是好人，只是性格脾气不合而已，要是分开了，两人都有获得幸福的机会，这么凑合着双方都痛苦。所以他们吵架之后她会提议离婚，可是老公从来没有答应过。两年后，他们有了一个可爱的儿子。随后，琐事也多了，在教育孩子的问题上又有很多分歧，悠然依然提到离婚，理由是为了孩子。她认为，与其让儿子在这个矛盾重重的家庭中成长，还不如让她一个人带着合适。她提出自己带着孩子净身出户，可是老公不同意。这么多年了，他们的婚姻就像一艘破船，在岁月的风雨中飘摇，孩子也在他们的吵吵闹闹中渐渐长大。经过十几年的磨合，又因为近几年的两地分居，他们不再吵架，关系似乎变得融洽了。可是最终，他们还是走到了这一步，但这不是悠然想要的结果。

那一晚，老公没有回家。悠然蜷缩在沙发上，她不想上那张床。她一直都明白，他们的婚姻只是"鸡肋婚姻"，捏在手里是骨头，丢弃了又觉得还有肉。这段婚姻之所以能维持到现在，就是因为彼此都没有遇到对的人。如今，老公算是遇到对的人了，她再怎么努力都无法挽回了。

朋友都劝她不要同意离婚，但悠然想，既然结果已经不可更改，那就好聚好散吧。可是，二十一年的恩恩怨怨，二十一年的苦心经营，又岂能说放下就放下呢？如今，她已是人老珠黄，她的未来能有什么幸福等着她呢？

但是悠然不是一个拿得起放不下的女人。她知道，有些人有些事到了该放下的时候，即使有再多的不舍也要学着放下。她清楚自己今后的处境，也明白接下来自己要做的是对从前的种种付之一笑，自己能做的也只有为儿子争取更多的权益了。

六

可想而知，那个年过得很糟糕。开学前，他们把离婚的决定告诉了儿子，想听听他的意见。儿子说那是他们自己的事情，想怎样就怎样吧。

一个多月后，悠然在离婚协议书上签了字。签字那天，悠然像是在梦中一样，她真的无法接受二十多年风雨同舟的夫妻，就在签完字的那一刻变成了陌路。在民政局门口，她看着老公远去的背影百感交集，她甚至幻想，不久的将来，老公会和她再次走进身后这扇大门。

过了一个多月，悠然听到她的老公（准确地说是前老公）结婚的消息，而那个女人并非小兰，是他的高中同学。悠然了解到，他们从前是恋人，但是女方家长嫌弃他家穷，就棒打鸳鸯。那女人也是婚姻坎坷，一年前离了婚。这些年，他们之间断断续续保持着暧昧关系，只是少有人知而已。

那一刻，许多从前无法想通的问题都有了答案。悠然终于明白，为什么以前因为小兰吵架的时候，他总能理直气壮地否认，而且敢拿他的祖宗赌咒，说自己要是跟小兰有一丝一毫的暧昧，他家祖宗十八代都是狗生的。凭着女人的敏感，悠然强烈地感觉到自己的老公在外面有人，而小兰恰巧成了她的假想敌。此刻，她终于理解了老公经常说的一句话："什么感情不感情的，十对夫妻九对凑，能凑合着过就已经不错了。"她终于明白，为什么夫妻二十多年，老公依然不能和她心心相印，一直若即若离。从那一刻起，悠然对这个跟她一起生活了二十多年的男人彻底关上了心门，生活留给她的是无法抚慰的伤痛。

然而，悠然清楚地意识到，围城之内从来就没有是非标准，和谐就是对的，不和谐就是错了，因为婚姻是一场豪赌，但没有绝对的赢家，结局只能是双赢或两败俱伤。悠然坚信，一纸离婚证书只是毁了一座城池，放逐了两个失败的赌徒，但只要那颗心能从废墟里走出来，就是赢家。

她默默告诫自己，放下怨恨就是宽恕他人，饶恕自己，更是抚慰亲人，善待自己。

七

周末，悠然和几个好朋友聚在一起喝茶。言谈之间难免会提到她的前夫。朋友们都说悠然的前夫伤她太深，可是悠然却说："恨一个人太累了，我选择原谅。"

一个朋友笑骂道："你真行，人家是好了伤疤忘了疼，你的伤口还在滴血就不疼了？原来都是我们瞎担心啊。"

"我知道你们都很关心我，感谢的话我就不说了。"悠然呷了一口茶水继续说，"我相信，是伤，总有痊愈的一天。时间久了，伤痛自然会淡忘，虽然难免会留下伤痕。"

又是周末，悠然骑着单车出去放松心情。累了，她坐在路边的草坪上休息。她拿出手机，犹豫再三，还是拨通了那个从前不知道用了多少次的亲情号码——661。

对方接听了，但没有说话，悠然先开了口："怎么，结婚了也不说一声？"语气是平和的。

"悠然，我……对不起啊……悠然，你还好吗？"对方语气里有些惶恐。

"我没什么不好的。祝福你们有情人终成眷属啊！"

"悠然，谢谢你！谢谢你能谅解！"对方有些激动。

"没那么严重。不就是离婚吗，又不是天塌下来，大家都好好过日子吧。"

"嗯，以后有什么事需要帮忙的，就说一声……"

"好啊。不过，我想除了孩子的事，应该没有其他事情需要你帮忙的。"

对方语塞。悠然挂断电话。

悠然深深吸了一口气，舒展四肢仰躺在草坪上，然后慢慢呼气。身旁是青山碧草，耳畔是清风流水，头顶是蓝天白云，她感觉到从未有过的轻松和愉快。

（原载于《天津文学》2017年第10期）

老街记忆

王选玲

记忆中的珊溪老街，是一条商业街，从街头的天灯脚至街尾的岩坦头，有一千多米长，一路都是店铺，非常热闹。老街的街面，都是由溪坑里的大理石、青石、鹅卵石铺设而成的，花花绿绿，很好看。老街很宽，街心两三辆板车擦肩通行很容易，并排走十来个人更是没问题，当然对于现在来说，那已经是小儿科了，但那时却已经是很了不起的大街了。

打铁铺

街头的西山岭脚有很多打铁铺。一个风箱连着一个小火炉，火炉上面罩着一个梯形的烟囱，火炉旁边还有淬火用的水缸和煅铁用的大袋煤炭，这几乎就是打铁铺里的全部家什了。一般来话，火炉上面都会吊着一个钢锅，用来烧水。打铁的时候，铁匠师傅会拿着煤铲，时常翻动炉里的煤火，煤烟带着火星子就会在炉膛上乱舞。铁匠师傅还会时不时用铁钳将火炉里的烙铁夹起来看看火候。一个徒弟在旁边用力拉着风箱，随着风箱一拉一推，火炉里的火苗带着蓝幽幽的光，就会呼呲呼呲地往上蹿，把整个打铁铺都映得通红，也映出铁匠大师傅和小徒弟那被烟熏得油黑发亮的皮肤，还有一块块煅铁练出来的像小老鼠一样上下窜动的肌肉。

大锤小锤，叮当叮当，是这一路段每天早晚的主旋律。

街头的打铁铺主要煅打菜刀、柴刀、镰刀、锄头等，珊溪的菜刀不像金门钢刀是钢打的，它是铁打的，又轻又薄，非常锋利，很耐用，用起来很顺手。珊溪打出来的菜刀上都会烙上打铁铺的店号，如毛学唱的"和"字号，夏盛英的"顺"字号。若有质量问题，可随时退换，童叟无欺。我现在要买菜刀，也还是要到珊溪去买的，大峃的菜刀太厚太重，切菜手很酸，不好用。

珊溪多铁匠，是因为有铁矿。坦歧之所以会有炼铁厂，除了珊溪有铁矿外，也许跟珊溪多铁匠有一定关系吧。

算盘厂

兀立在老街的罗茂盛的水泥洋房，几经战火的摧残，只剩下半爿刻有双狮戏球和白鹿衔仙草等精美图案的"水门汀"。在这个精美的"水门汀"后面，曾经有一家风风火火的国营算盘厂，记忆里在算盘厂上班的工人很多，有大姑娘，有小媳妇，也有年轻力壮的小伙子，我和哥哥经常到厂里偷算盘珠子，把十来颗算盘珠子串成一小串，放在地上踢格子玩。不知何时，算盘厂停产了，偌大的水泥洋房成了一座空楼。一开始，空楼还有残留的一点人气，进进出出并不害怕，我和哥哥与小伙伴们常到里面捉迷藏。

没人住的空楼随着时间的推移渐渐地破败了。屋顶的瓦片碎了，木楼梯、木楼板开始发霉、腐烂。窗户吊着一角摇摇欲坠，院子里长满了荒草。一阵风过，破窗户会"吱嘎吱嘎"响，冷飕飕、阴森森的，让人冷不丁就会打一个寒战。于是小伙伴们也不敢再到破败的空楼里去了，怕遇见蛇，怕破楼会突然倒塌，更怕遇见大人常用来恐吓小孩子的"鬼"。

前几年回老家，还能看到一把生锈的铁将军，将"水门汀"上两扇破落的木板门牢牢地吊在一起。今天再站在这里，破落的木板也没有了，大开的洞门还被地上的沙土堵了一半。院子里已经被罗茂盛的后人盖了新的洋房。

碇埠头

写老街，是永远都绕不开碇埠头的。

碇埠头是老街最繁华的地段，短短两百来米，有药铺、杂货铺、点心铺，有箍洋桶的、打铁的、编竹席的、打草鞋的、做衣服的、打金的、卖菜刀的。我们旺旺主席的老丈人家就在这最繁华的地段，他家前门是卖菜刀的，后门就是打铁铺，旁边大部分以卖干货为主，如咸带鱼、烂鱼扣、丁香扣、海带、紫菜、章鱼头、海蜘蛛等，还没靠近碇埠头，远远就能闻到烂鱼扣、咸带鱼的海味。

碇埠头那里现在有幢航管大楼，航管大楼以前是供销社。供销社前面有一排房子，前后左右都是大街，楼下一圈都是店面的回形街道，街道两面也都是店面，有卖绒线的，有卖布的，有做衣服的，有卖南北货的，有卖小百货的，其中一家照相馆在我的记忆里最深刻。

照相馆的老板是个驼背，是非常非常驼的那种，就跟一只虾公一样，是根本没办法抬头看到天的那种驼，没人知道他叫什么名字，人家都叫他"后背驼"。"后背驼"虽然是背非常驼，但是他每天都穿着一件白衬衫，白衬衫洗得雪白，一点都不会给人残废、猥琐的感觉，而且他的照片拍得特别好，人看上去也很乐观，很精神，所以生意也特别红火。每天都有人拿他的驼背当笑料，但"后背驼"从来不生气，这个驼背反倒成了招牌。只要有人找照相馆，几乎所有老街的人都会告诉他"后背驼"的照相馆在哪里。

酿酒厂

供销社横街进去是酿酒厂，酿酒厂也做豆瓣酱，几十个将近一人高、比八人圆桌还大的大缸一排排整齐地摆在酒厂的大院子里。酿酒厂怎么酿酒那是大人的事，我小时候并没怎么去看，但到酒厂里偷豆瓣酱却让我记忆犹新。

小时候我们没零食吃，经常会跑到酒厂里偷豆瓣酱吃，偌大的大缸里，盛着黑乎乎的酱水，很黏很稠，上面经常会长出一两厘米长的灰绿色的毛，太阳出来的时候就把盖在缸上面的盖子掀开晒太阳，这些绿毛就晒伏下去了。按现在的卫生观念，那就是发霉了，但这豆瓣酱却非得长了毛才能做成，名为"发酵"。有些调皮的小男孩会把死老鼠扔到某个缸里，等看到我们去偷豆瓣酱时，就从缸里捞出死老鼠来吓我们。我看到过一次死老鼠，以后就再也不敢去偷豆瓣酱吃了。

放鸬鹚

街尾因为靠近驮溪（现在的飞云江，那时我们都不叫飞云江，就叫驮溪），多打鱼人和船夫艄公。打鱼人里面有一种放鸬鹚的，我有位同学的老爸就是放鸬鹚的。每天天没亮，同学的老爸就会扛着撑杆，杆上一溜烟站着十几只白色的鸬鹚，因为承重，撑杆在同学老爸的肩上一路颤颤颠颠晃悠着，到了驮溪，然后蹚水上到竹排，向江中撑去。

鸬鹚又名鱼鹰，所以放鸬鹚又被称为放鱼鹰。十几只鸬鹚在竹排上依次站着，看到竹排下有鱼游过，放鸬鹚的人就会把鸬鹚放下水。当鸬鹚再上到竹竿上的时候，它的嘴里就会塞满大大小小的鱼，然后放鸬鹚的人把鸬鹚倒提起来，再把鱼一条条地从它的嘴里倒出来，倒进鱼篓里。

当太阳从百万山上升起时，飞云江江面上的晨雾迅速散去，鱼儿便都机警地沉入了江底，放鸬鹚的人就会带着他的鸬鹚和收获又颤颤颠颠地回家。

晨曦、青山、碧水、蓝天，一叶竹排一蓑衣，数只白鹚捕江中，竟是一幅完美动人的渔江画卷。

拉 纤

飞云江驮溪段多滩头，船从瑞安上到珊溪再溯江而上，到东龙到双汇溪，滩头的地方都要靠艄公拉纤拉上来。所以珊溪出船，船夫都比较多，而且必须带上青壮年，以便把船一路从瑞安拉上来。

我们学过《伏尔加河上的纤夫》。"在辽阔的伏尔加河上，有一艘货船，因为是逆风行使，所以帆没有张起来。河面上映着倒影。一群穿着破烂的纤夫，迈着沉重的步子，蹋着黄沙，沿着河岸一步一步向前走。他们大多身子向前倾，可见都在使劲，可见船上载着很重的货物。"我们这的纤夫不叫纤夫，叫艄公。在宽阔的飞云江上，货船逆流而上，很少会把帆扬起来，基本靠撑杆和纤绳。船要上滩时，艄公就下来拉纤，江流平缓处，艄公就沿着江边用撑杆撑，但船上都是备有船帆的，因为从瑞安上来那一段，船要靠帆行使。

艄公拉纤，记忆里我只看到过一次，是在焦溪垟那一带，焦溪垟现在已经没入飞云湖底。我看见当时拉的人也不多，就三四个人，一个个上身都光着膀子，下身只穿着蓝裤衩，脚下蹬着草鞋，全身的皮肤黝黑油亮，只在纤绳下垫一块毛巾或粗布，以防纤绳勒破肩膀。他们一个个都弓着身子，"嘿哟嘿哟"地往前拉，大颗大颗地汗珠从他们的头上、身上滚下来。船头上站着一个艄公，手里拿着撑杆，时不时就要点撑一下江边的岩石，防止船身撞到岩石上。

　　前几天文清问我珊溪艄公拉纤时的号子，我爸说有，老街的一位八十几岁的阿公会，可是阿公说他只在十几岁的时候唱过，现在也不会了。我同学的外公也会，可惜已经过世了。

　　因为飞云江截流，街尾的大货船没了，于是拉纤的艄公也没了，就连在街尾码头拉板车的搬运工也没了。

　　因了新区开发，老街得以保存，虽然有些萧条，虽然街面的青石、鹅卵石已经变成了水泥路，但老街的板门，老街的原样还在。每次走进老街，老街繁华的记忆就会一幕幕从心头涌出。

（原载于《延河》下半月刊2018年第1期）

窗外的世界

王微微

许多年以前，我对介绍所的阿婆说：妈妈有风湿，孩子要选区入学，在这个住宅区，我急需一间一楼或二楼的屋子。介绍所的阿婆盯着我看了好一会儿，爽朗地说：好！

就这样，简单粉饰后，我搬进了17幢201。这是一幢干部楼。

一

卧室窗外，是一个小道坦，相当于小型停车库，一推窗，我便可以与我的小蓝面对面。刚搬进来的那几年，我车技不太好，停车却很方便。这几年，车辆猛增，车技也略见长，在这个小道坦里，我照样伸缩自如。不论周末假日还是半夜三更，我总能找到停车的地方。当时建小区时，只有摩托车、自行车停车库，根本不会考虑汽车停车库。如此看来，这干部楼，的确比较深谋远虑了。我选择楼房的意义，也就深远了。

道坦前面是一个微型公园，园子里花花草草，树荫浓密，蘑菇造型的亭台，树根造型的圆桌圆凳，中间有一个黄色的有线电视机顶盒，右角边还有一台银灰色高压变压器。每天清晨推开窗的时候，我总会多看几眼变压器。我是电厂工人，看到这些带有负荷的金属，感觉特别亲切。那些裸露的电线，缠绕成一根粗粗的麻花辫，从我的窗前，大模大样地，穿行摇摆而过。麻花辫上有时忽地飞来一群小麻雀。它们叽叽喳喳，交头接耳，麻花辫就成了一条跃动的五线谱。隔一条几步之遥的小马路，是一座粉红色的幼儿园。那些天使般的声音，稚声稚气，时不时结盟闯进我渐渐褪色的童年。

我的楼上楼下，住着好几位离退休后的老人。话说"抬头不见低头见"，因此，我特别关注一楼的两位老人家。春天，他们相互依偎着坐在蘑菇底下，聊聊话看看花下下棋；夏天，他们相互搀扶着坐在树荫底下乘凉、闭目养神；秋天，她先搬出一张藤椅，拿出一个大红色的靠背放在藤椅上，然后再进屋把他搀扶出来。那个火红的靠背，如火红的枫叶，悬挂在枝头，含蓄饱满，隐忍挣扎，不时地给我视觉与心灵的冲击。冬季，他们都不太出来，只有在午后，太阳把小庭院预热好了，风也躲在太阳背后，不再出声，她才把他扶到轮椅上，慢慢推进庭院里。而这个时候，我正站在店堂里，为生计忙得焦头烂额，很少站在窗前看风景。

我的窗户从来不装防盗网，它裸露胸怀，坦坦荡荡。它们，他们，推窗可见，都在我视线十几米的范围内，既是我物质生活的一部分，又是我思想驰骋的窗口，还是时不时地让我滋生诗情画意的土壤。

二

刚搬入这幢楼，楼上楼下、楼里楼外相当的热闹。特别是逢年过节的时候，各种高中低档汽车一辆接一辆，挤满楼下小道坦。楼道里响起一连串爷爷奶奶外公外婆稚声稚气的童声，或是阿爸阿妈亲亲热热的呼喊，这种气氛一直延续到某一个节日结束。

但是，这几年，楼里安静了许多。窗下的小道坦突然会不声不响地挂起塑料雨棚或白幔。这一端缠绕在我阳台的不锈钢花架上，那一端延伸到公园，两根绳子瞬间就能牵出一个静默的小灵堂。一朵朵毫无血色、毫无生气的花，开始拉帮结派，围成一个严严密密的花海重洋，排成一堵堵密不透风的墙。墙里头那位老爷爷，或是老奶奶，被这死花重重包裹埋葬，从此，楼道里没了她的招呼与声响。

那几天，我的心也会沉溺，走不出围墙。那些没有生命的白色的纸花，像一片片刀刃上冷冷的寒光，刺入我的心脏，干扰我呼吸的通畅。我把窗帘严严拉上，一天、两天、好几天……早出晚归，我幽灵般在楼道里出没。我不敢贴近楼道那肮脏模糊的墙壁，我不敢碰触楼梯那被抚摸得油光乌亮的手扶，我疾步如飞，"嘣"的一声，闪入房内。虚脱蜷缩在墙角，长吁一口气，我开始诅咒藏在心里的那些胆小鬼，包括那些阴暗里腐烂的气息。

有时，却又忍不住偷偷掀开窗帘的一角。我需要一个往外看的窗口——没有窗户，我是活不下去的。我看到灵堂庄严而静默，我看到那棵树站得笔直，我看到阳光正伸长手臂，抚摸我的脸。

三

这个女人穿着一件橘红色的外衣、绿色的裤子，像是秋天里一片青黄不接的树叶。树叶有两种选择，要么活着，承载阳光雨露、春暖夏凉的重托，要么死去，纷纷扬扬坠如尘土。坠落的树叶叫落叶。落叶也有很多种，有的被框入镜里，嵌入时光的隧道；有的被插入书中，成为精神的分水岭；有的只能腐烂成泥土。我忘了我是怎么和这一片树叶在时空中邂逅的。清晨，我照样推开窗，忽然，鼻子钻入叶子腐烂的气息，眼睛遇见那个臃肿粗暴的行为，耳朵听到几句私心窃窃的言语：讨厌，挡我的路，给你点颜色瞧瞧，看你下次还敢不敢！

声音与动作在清晨空气中的传播速度是一样的——因为语言与动作同时到达我脑里。我看到白光一闪，一个透明垃圾袋恶心地蹦上小蓝的副驾前。说它透明，是因为我能清清楚楚地看到垃圾袋里五颜六色的尴尬。

白光闪过的瞬间，我听到小蓝尖锐地尖叫，痛苦地呻吟，委屈地求饶：莫！莫！莫！

抗议无效！

情况突变，让我突然丧失了言语的功能，我不知道怎么助小蓝一臂之力。哎哎哎，喂……喂……喂……言语在牙齿间磕磕碰碰，最后吐出的是一连串不成章节的字句。

没想到这样语无伦次的颤音已把她吓到。看来，她与我一样，都是新手，对突发的事情缺少应急应变的能力。我看到她表情非常的尴尬，眼光迅速从一楼扫荡到七楼，又从七楼横扫到一楼。她肯定是要找一找声音的发源地，她肯定是想知道，是谁发现了她干的坏事。她当然看不到纱窗里的我，因为我一慌乱，便打不开纱窗，一直站在纱窗的里面。

从此，我的窗外增添了一道战战兢兢的风景；从此，我行使自己停车权利的时候，便不再坦坦荡荡；从此，这幢干部楼失去了干部楼的意义。

我把车钥匙交给隔壁的洗车工，我让他把小蓝多清洁几遍。可那块丑陋，他却怎么也清洗不掉。每次坐上小蓝，总会瞥见右角有一块恶心的痕迹。于是，我开着车，眼睛尽量保持往前看。

我已目不斜视好多年。

（原载于《安徽文学》2017年第3期）

千锤百炼

包芳芳

这几日天气特别的压抑，仿佛天总是不亮。今日却已是艳阳高照，好像是上苍特别眷顾我们一般，这给我们的出发增添了别样的乐趣。

8点整，等到余云初、赵翁钦、王芳、张嘉丽等都在县府大院会和后，我们分成两拨坐上了车，往峃口下河村出发。汽车在大路上行驶了十来分钟，然后往右拐了个弯，穿过一个整洁的村庄，再经过一条蓊蓊郁郁的小路，阳光俏皮地透过树杈的缝隙落下一两点碎银，洒在车窗上，闪闪烁烁的。原以为"峃口下河村"五个字会很近，没想到在路上花费了差不多半个小时的时间。

一个百余年的打铁村

下河，就如她的名字一般，村内流淌着一条河，原名叫"下跳"，由于该村在小溪的右岸，屋下是小溪河，就改名为"下河"。

一下车，没走多久，就听见"叮叮当当"的敲击声，棚内还传出几声狗吠。路边的拐弯处放着一堆废铁和木炭，而我们此时脚下的路就如木炭那般乌黑。

原以为临近的这一家就是我们要走访的打铁铺了，可带队的人又领着我们继续往前走，走进了另一家打铁铺。这时候，我们今天要采访的对象蔡师傅走出来迎接我们。蔡师傅上穿蓝布衬衣，下着灰色布裤，脚上的解放鞋布满了小孔，这应该是打铁时被蹦出来的火星烧破的。

我们逡巡的目光开始四下探望，这里的打铁铺还真不少，而且都很集中，差不多有十多户。搭建棚顶的材料也五花八门，一些是竹子搭建的，上面盖着一层帆布当屋顶；一些是木柱子做支撑，上面盖着油毛毡；还有一些屋顶用的是两层材料，最顶上盖着一层铁皮，下面那层是叫不出名儿的材料，旁边还铺展着几个装过化肥的编织袋，也许师傅是想用这个当避雨的屋檐。棚子里都蒙着一层厚厚的灰，像一层雪一样，特别是在顶上的，我看到要落下了，可是定睛一看，它又牢固着粘着。

打铁铺的面积有的十平方米，有的二十多平方米，这个算是一个打铁人的家了吧。家里的陈设是中间一个大火炉，用砖块加黄泥垒砌，火炉旁装着一个鼓风机，师傅上下摆动闸刀，火炉里就会发出嗡嗡的声音，带着火苗直往上蹿。怪不得有人说打铁铺就是一个"铁匠炉"，周围摆放着锤子、铁毡、铁墩、大剪刀等家当。条件好一点的，会看到一台转着履带的空气锤做"帮手"。空气锤捶打的轻重，完全靠师傅脚踩的一个铁杆子控制。外行的我们，眨巴着眼睛，真怕师傅捶打到自己的手，环顾四周，发现所谓的铺只是一间破房子。

这个村已经有百余年的打铁历史，其中有一道程序叫"煮生"，可是一门绝活，这里的师傅对这一绝活个个熟能生巧。早些时候，其他地方都是零散的几户打铁铺，可在这里，就有一百多户村民靠打铁营生。这么多打铁人，难道在生意上不会打架吗。蔡师傅说，不会，大家反而相处得很融洽，都各自经营着自己的强项。

汗水凝成诗行

蔡师傅领着我们来到另一家打铁铺，一个老师傅拎起叠好的锄头板成品。"这是要销往杭州。"老师傅的脸上洋溢着笑容。

　　一个破破烂烂的打铁铺，一个粗糙的大火炉，一个转动的小风扇，一双由于常年打铁已经无法伸直的布满老茧的手掌，还有这一叠堆好的锄头板，这就是一个手艺人汗水凝成的诗行。这里没有音乐陪伴，有的是震耳欲聋的"叮叮当当"；这里没有整洁的环境，有的是到处飞散的木炭灰尘；这里没有春暖花开，有的是炉内的火苗散发的炙热。此时，看着师傅们脸上那种幸福的笑容，我被震慑了，为一种劳动者的人性美所震慑。

　　问了一下这里的师傅，大多十七八岁就和家里人学打铁手艺，有一个余师傅，十七岁打铁，现在是六十四岁，仍然不离不弃，而蔡师傅本人十七岁打铁，现在已经五十岁了，他们的岁月在打铁的流光里度过。

　　据蔡师傅介绍，他们家是两兄弟，自己初中没毕业就被父亲叫回家打铁了，和他一起学打铁的还有他哥哥。从小就看过打铁的蔡氏两兄弟，对打铁并不陌生，长期的耳濡目染，已经在他们脑子里种下了经验的果实，学了一两年就已经是一个小师傅了。这在外乡人看来是非常难得一件事，因为对外乡人来说，没个三年五载是难以出师的。

　　以前打铁不像现在这样，一天十二个小时，而是上半年打半个月，下半年打半个月，其余时间回家干农活。那个年代，也就是在20世纪七八十年代，全国正轰轰烈烈地搞农业生产，对铁制农具的依赖程度可想而知。这也给蔡氏兄弟带来了机遇。在当时，打铁也是流动的，三个人挑起打铁家当，哪个农户需要做农具，就上哪个农户家，好的光景农户家还可以包上一两顿饭，一个月下来每个人也可以挣个十来元。后来村村通了电，蔡师傅一行人就只能选择"定居"，回到家中建了一个打铁铺，没想到铁锤一抡就是三十多年。蔡师傅说自己也记不清楚磨光了几把锤子柄，我们真真地看见，木头柄上还留着很深的发着油光的指印。"抓铁有痕，踏石留印"，说的就是像蔡师傅这样兢兢业业、踏踏实实的劳动人民。

蔡师傅的爱人告诉我们，打铁是一个很苦的行业，她早上四点半就要起床为丈夫做饭，因为丈夫早上五点多就开始打铁，一直干到晚上，有时候订单多了，还要加班到深夜。这些年丈夫比同龄的人老了许多，一双布满厚茧的双手，由于常年握铁锤，已经伸不直了。女人说得有些让人心酸，可是她的脸上却是满满的笑容，丈夫的勤劳培育出家里两个大学生，一个是在行政单位上班，一个是在政法大学读书。

蔡师傅对于打铁，依然保持着一份热爱。我们问他要打到多少岁才退休。他笑着说，打到打不动为止。蔡师傅的这种继承传统工艺的敬业精神，怎不让我们敬佩！

"叮当"声里的故事

对于打铁，我并不陌生，"叮叮当当"声曾伴我入梦，伴我成长。

我的爷爷、我的外公、我的父亲都是打铁出身。由于打铁的行业实在太苦，我的父亲后来转了行，自学修补轮胎，在转业的时候父亲还闹了个大笑话：把人家的轮胎拆下来了，发现不会补，又给人家装了回去。母亲常常拿这个笑话父亲。

我们一家人是在福建尤溪一个马路边打铁，打铁铺的样子也像刚才看到的那样。当时用的是风箱，妈妈常常坐在那个位置，爷爷和父亲就站在铁砧旁，身前围着一条用油布做成的围裙，长到膝盖，父亲喜欢光着膀子，还没开始打铁呢，就被火炉的温度烤得大汗淋漓。爷爷从火里取出烧得红火火的铁胚，父子俩你一锤，我一锤，打出一个样子。在捶打声中，父亲更是挥汗如雨。所以父亲给我童年的记忆，永远是光着膀子，父亲的衣裳总是不干。有时候为了让爷爷、父亲休息一下，奶奶、妈妈也会帮忙抡小锤。听妈妈说，奶奶当年就是这么帮爷爷的，因为当时工资少，很难雇到徒弟，奶奶就先把孩子放到木做的围椅里，就这么边带孩子，边做帮徒。

小时候条件有限，家里人一大帮，那时候没有电饭煲，爷爷就在火炉上挂个铁钩钩，钩上挂着一个大蒸锅，烧着家人的茶水和伙食。我的母亲想洗那个大蒸锅，可怎么也刷不干净，锅盖上粘着一层层厚厚的炭灰，甚至米饭上也会有，可是我们吃起来依然觉得香喷喷的。

我有时候也调皮，喜欢看爷爷在打好的铁胚上放一些碎铁，原来那个叫生铁。爷爷就用钳子将铁插进火炉里，鼓动风箱，火苗直往上蹿，火星子像游动的萤火虫四处飞舞，这是我喜欢看的。好看的还在后边，烧了一会儿，爷爷就会从炉子里夹出那块铁胚，铁胚上的火花像红色花瓣，又像过年点的小烟花，放射刹那的光华，我也随着那一簇簇的花火在雀跃着、喧闹着。

爷爷、父亲打铁好像是天生就会一样，一块铁，那么硬的一块铁，想让它变成什么就是什么。这个东西还可以用大剪刀剪出方形、圆形。他们打铁就像奶奶做馒头一样，一切都凭手感。妈妈跟我说，那时候在尤溪一带，爷爷以打各种锄头板出名，父亲则以打菜刀出名，生意好的话，爷爷和我的父亲夜里就要点着灯打，无论是夏天四十多度高温，还是冬日的零下严寒，都从没中断过。记得父亲的手，永远都是老树皮的样子，冬天西风一吹还渗着血珠，父亲就用膏药贴上，缠个圈圈，一双手就这么"修修补补"接着打，有时候血水还渗出膏药。

技艺精湛，找得人也特别多。由于长期劳作，父亲的身体不行了，背佝偻着直不起身来，因为打铁靠的是体力，手臂的拉扯，直接影响心脏的承受力，再加脚上蹦进一块铁片，父亲就改行了，自学起修补轮胎。

传承的路在何方

"陆子冈之治玉，鲍天成之治犀，周柱之治嵌镶，赵良壁之治流，朱碧山之治金银，马勋、荷叶李之治扇，张寄之治琴，范昆白之治三弦子，俱可上下百年保无敌手。"所以"荒年饿不死手艺人"也就这个理。

可是在今天，在这个日益机械化的今天，手工艺被挤在了城镇的边缘，除了偶尔还可以在村庄的小径里听到几声稀疏的"叮当"声，恐怕儿时的记忆，要渐渐地在博物馆里才能找寻到影子，特别是蔡师傅这一辈人之后，我们打铁手艺如何传承？

拣料、烧料、锻打、抛钢、淬火……每一道程序都是先人留下来的文化宝藏。在打铁的历史脉络里，我们知道了什么叫"趁热打铁"，知道了什么叫"抓铁有痕""打铁还需自身硬"。从打铁人的身上，我们看到的不仅仅是经验，更是一种传承，一种人性的魅力，一种今天提倡的工匠精神。它通过打铁人汗水顺流的经络，再通过人性的坚韧、智慧的凝聚，创造了锄头、镰刀、菜刀等生活必需品。

在七十二行当里，打铁排名第一，而打铁也最苦，很多工艺品都需要千锤百炼之后才能成形。打铁时还要目测，还要掌握火候，再加上工厂流水线的冲击，打出来的铁制品在价格上已经不占优势，即使打出来的成品确实更耐用。

"技由人传"，没有人去学，哪儿来的传承？在我们感叹之余，脸被炭火熏黑的蔡师傅依然微笑着说，我爱打铁，热爱着这一份事业！这是一个经过了岁月千锤百炼的真性情男儿道出的心声。蔡师傅是可敬的，我担心的，正如他所说的，今天的铁匠技术，还能传多久。

（原载于《江南》2016年增刊）

小镇"讨饭人"

吴春燕

在小镇，乞丐不叫乞丐，也不叫叫花子，叫"讨饭人"。顾名思义，在这里，讨饭人乞讨的东西是大米，量不多，一碟（旧时过年装瓜子的碟，小而浅），没有碟子的人家则会顺手从米缸抓一小把米，不计多少，讨饭人都会连声称谢。偶尔也会遇上乏善之人，粗声粗气呵斥，讨饭人也不恼，道个歉转身离去，不过小镇民风淳朴，这类人大抵也是个别。若行乞时赶巧是用餐时间，讨饭人便会拿出随身携带的碗筷向主人家讨上一碗饭，然后自己去门口墙角蹲着吃，而这家人便可以省一碟大米。

上面说的当然是小镇本地乞丐的风格，那些不拘什么都要或只讨钱，给少了还缠着主人家不肯走的，一看便知是外来乞丐。本地乞丐还有个特点，无论"收成"如何，一年中行乞时间只在两个时段，一次在秋收后，一次在正月。记得小时候割完稻子碾出新米时，讨饭人就会陆续出现。过完正月初一，讨饭人便将金元宝插在松枝上登门了。金元宝看起来光灿灿的，当然不是金的，其实是用锡纸包着木头做的，这也是讨饭人不可或缺的三样行头之一，另外两样是蛇皮袋和讨饭碗，后两样讨饭人行乞路上不离身，而金元宝却只在正月里才用。到一户人家门口，必手捧金元宝，先唱上一段"莲花落"，大多是恭贺主人家吉祥纳福之意，讨个新年彩头。这个时候，嬉戏的孩子们从各处冒出来围在讨饭人四周，兴奋地唧喳："再唱一个！再唱一个"讨饭人拗不过，只好唱了一个又一个，于是主人家乐呵呵地将一碟米倒入讨饭人已经张好的蛇皮袋，那米的分量比平时多。

除了行乞，遇到店铺开张、哪户人家盖房上梁或红白喜事，也有讨饭人活动的身影。他们一般充当"烧火人"的角色，坚守在柴房这块阵地上，将主人家的炉灶烧得旺旺的。这烧火的任务也差不多是他们的专职，每每谁家有什么红白喜事，都会请一两个讨饭人来烧火。

在小镇，关于讨饭人的趣事层出不穷，而流传最广的有两句俚语："讨饭人上了凳子还要上桌子"和"讨饭人的米也有三分白"。据说由来还跟我的祖上有关呢。因了这事不太光彩，本族人当然讳莫如深，不过从坊间和邻居的笑谈中大致可以拼凑出故事。

故事据说是这样的，祖上的某位长辈娶亲，按惯例来了一位烧火的讨饭人，他自然是尽职尽责。到了中午开宴，待客人们都上了桌，主人家便拿张凳子，客气地端给讨饭人一大碗米饭和一碗肉。没想到讨饭人不乐意，认为是自己烧火的，应该和帮工的人同坐一桌酒席（本地风俗，办酒席，厨头等帮工的人专设一桌）。讨饭人怎么能上酒席呢，主人家当然不答应，于是讨饭人拂袖而去。走就走罢，这家伙也忒不知好歹了。没想到酒席未过半，讨饭人却带着一群人来了，愣是将锅里的菜和饭盛了底朝天。办喜事不拒讨饭人，甚至允许他们随意吃饭，素来是小镇的规矩。这下，来往宾客和主人家都傻了眼，于是，祖上这位长辈的婚事便在一群讨饭人的干扰下惨淡收场，以致多年后仍被当成茶余饭后的消遣在小镇被人谈起。由此，小镇也多了两句俗语，"讨饭人上了凳子还要上桌子"表达人心不足、得寸进尺之意，而"讨饭人的米也有三分白"说的是不要轻视别人，哪怕讨饭人也有值得尊重的地方。

关于小镇本地的讨饭人，在人们记忆中最活跃的有烂眼儿、阿南、德鹏、茂财等人。烂眼儿，其实是个四五十岁的半老头子，弓腰驼背，一对红肿的水泡眼半眯着，眼角终日残留着洗不尽的眼屎，烂眼儿估计由此得名，他的真实姓名便湮没在岁月里。阿南的"南"字其实还有待考证，因为平日里大家都喊他"阿nan"，便姑且记作"南"字吧。上初中时候背诵岳飞的《满江红》，有"怒发冲冠"一句，脑中首先想到的便是阿南前额高高竖起的头发，阿南除了头发长手脚也长，体形孔武有力，按说不至于沦为讨饭人。可惜阿南是个疯子，据说年少时也是入过学堂能识文断字的，因为什么缘故疯了，已经无从打听，好在虽然疯癫，遇到人只呆笑，也不会吓唬孩子，平时不讨米，肚子饿了便上哪户人家要点剩饭残羹，手捧着边吃边走了。德鹏是几人中最强壮的，穿戴也还算干净，路上碰到会跟人打招呼，谁要有空，还能跟他唠嗑上一会儿。不清楚底细的人决计不敢拿他当讨饭人看，甘心入丐帮做了弟子，想必是懒惰。关于德鹏的大名，也是"姑且记之"，虽然他不疯不癫，但不识字，老爹也不在人世，没法细究，便根据小镇的方言译出，可惜了两个好字。

不知道法国人拿破仑，不知道美国人华盛顿，在小镇不算什么稀奇事，连自己国家现任主席姓甚名谁，妇孺们大抵也糊涂，茂财叔却是当地人尽皆知的名人。长久以来，哪户哪家孩子要是不肯吃饭或做了错事，家长往往用竹枝或杉树枝恫吓。而这些都起不到预期效果时，他们就搬出茂财，简单描述外形后，再指着装过尿素或碳铵的编织袋恶狠狠地补充一句"让茂财把你装进袋子背走"。孩子们这时往往眨巴着双惊恐的眼睛，无条件顺从家长。相比上述几人姓名的模糊，茂财的姓名和籍贯倒是有据可考，不行乞的时候他一直居住在一个叫作"湖底"的村庄，邱和叶是此村大姓，而姓叶的有"茂"字一辈，那么茂财应该也姓叶，至于"财"有可能也作"才"，好在据他自己讲，小时候家里穷得揭不开锅，父母只希望他们兄弟俩长大能有饱饭吃，那么基本可以确信是"财"字无疑了。

我第一次见到茂财叔是在外婆家，七八岁光景，那回似乎是正月里一次大祭祀，很是热闹，供品也多，除了平时偶尔能吃到的瓜子、花生、苹果、梨、橘等零嘴，也有极难吃上的蜜饯、柿饼、蛏子干之类干货。我望着柿饼上那层白霜，咽了几声口水后忍不住跟大人要，母亲生气地把我推到了一旁。我扁了小嘴哭时，却见人群中一只干枯黑黄的手哆哆嗦嗦伸向供桌，那手有小蒲扇那么大，皱巴巴的，五个粗而短的指头都伸不直，像极了用树枝做成的小耙子。那手颤巍巍移到装柿饼的盘子上拈了一个，又颤抖着缩了回去。呆愣间，便见那耙子晃动着伸到了我跟前，一个伛偻着腰的老头露出豁牙的嘴冲我笑："丫丫快吃吧，别哭了。"

小时候我特淘，上树掏鸟窝、同男孩子打架是常有的事，父母亲不只一次拿"会偷孩子的茂财"吓唬过我，想象中的茂财应该是青面獠牙、凶恶狰狞的，谁能料想到眼前穿着破旧、眉眼和善的老头就是让无数孩子夜晚做噩梦的茂财呢。德鹏和烂眼儿是不屑与孩子们打交道的，若谁家小男孩调皮捣蛋拿小石子扔他们，烂眼儿先会"呸"一声抛出一口浓痰，再凶巴巴爆上一阵粗口，剥豆子般的噼里啪啦中，孩子父母连着地下的十八代祖宗便不幸背了黑锅。德鹏腿脚好，瞅着四周没大人追上一段，吓得孩子们四散跑开。只有茂财叔，故意绷着一张脸来一句"小毛孩，不懂事，告诉妈妈打你屁股"，做一做打屁股的手势，便自顾自离开了。如果遇上乖巧的孩子，他还会怜爱地拍拍孩子的头，因为当地人有小孩子被讨饭人摸一摸能更健壮更好养活的说法，家长们自然非常乐意，而且也知道他是真心疼孩子。

如果说阿南是因为疯而讨饭，那么茂财叔则是因为病。他的腿脚不灵便，臃肿的背弯成了一张拉满的弓，一双手即便不做事拢在袖子里，仍不断颤抖，不是因为冷，据说打娘肚子出来便如此，随着年龄的增大，越发抖得厉害了。头上终年戴着一顶破毡帽，因为戴久了周围微微泛出污垢的光亮。天气晴好的中午或是天热，他会摘下来拿手里挥一挥，毡帽这时便充当了扇子，人们也能一睹他头顶的风采，中间是一片寸草不生的戈壁滩，只在周围稀稀疏疏圈着一片防沙林，干涸厉害的地方还堆起了好些小沙丘，大概觉得痒，便用黑黑的小指甲在小沙丘上挠一把，于是那些不牢固的沙砾便纷纷飘下来。挠脑袋的时候，茂财叔会尽量远离食物或避开身边的人，因为这个，大家更喜欢叫他烧火。不像烂眼儿和德鹏，除了乞讨，平时还干些"扛棺"的活。早些年，农村不实火葬，也不兴公墓，所谓扛棺，就是出殡时候帮着死者亲属一起抬棺材，因了这活不轻松，除了受主家两顿好饭菜招待外还能拿到一个红包，数额三五十不等，遇上出手大方的主家给个几百也常有。茂财因为身体不好，入不得这一行，没想到烧火的活计反而多些，尤其是婚嫁娶亲的主家，大概觉得他不"扛棺"，要吉利些。

小镇的岁月便这样沿着既定的河道缓慢流淌，小镇上的人们过着他们的日子，平日里素茶淡饭，家长里短。只在有人出生或者死亡，有人结婚时，才能听见老街上噼里啪啦的鞭炮声打破平时的沉静，茂财叔他们便在这噼里啪啦中被人想起，然后在平静的日子里被人淡忘，如此，日复一日，年复一年。

阿南病死于20世纪90年代，烂眼儿在几年前喝多了酒不慎跌落悬崖，被人发现已经是几天后。德鹏也很久没见到了，许是死了，许是流落到了外地。孤家寡人的乞丐谁会去在意呢。茂财叔倒还能常常见到，天气晴好的日子仍背着蛇皮袋游走于四邻八村，不过不再讨米，改成了捡垃圾。据他说几年前乡政府帮他上了低保，捡垃圾一个月大概有一两百收入，生活尚可勉强维持。捡垃圾途中逢中午或晚上开饭，不用开口，都会有人主动招呼他吃饭，有些和善的人还会叫他上桌一起吃。茂财叔也不跟主家客套，就如远行的客人顺便在亲朋家吃个便饭一般亲切自然。

不乞讨的茂财叔依旧是制服哭闹孩子的法宝。偶尔，当场听到哪户的家长正拿那句"再不听话，就让茂财把你装进袋子背走"吓唬孩子时，茂财叔一点都不恼，乐呵呵地咧开掉光了牙的嘴巴跟着起哄："就是，就是，茂财的眼睛像灯笼，最喜欢抓小孩去吃……"边说边张开蛇皮袋做出装人的手势，哭闹的孩子便吓得一声不吭了。

时光流逝，小镇本地讨饭人的身影便这样不知不觉淡出了人们的视线，倒是穿行在街头巷尾的外来乞丐越发多了起来。他们操着各种口音，穿着各式行头，说着各种理由，提着各样要求，大人变得比小孩子更害怕讨饭人。某地乞丐通过几年行乞发家致富的报道亦屡见报刊电视，乞讨在一些人眼中俨然成了一种职业甚至致富手段。面对那些或真或假、或老或少、或残疾或健康的乞讨者，人们开始变得麻木。乞讨，本是一个人处于绝境时向他人和社会寻求救助的一种无奈行为，可时下却沦为某些道德和良知丧失者亵渎善心、欺骗社会和他人、敛财致富或挥霍享乐的手段，对于我们这个留下"不食嗟来之食"美谈的民族来说不能不说是莫大的悲哀。

在这个寒冷的冬日，我忽然强烈地怀念当初的小镇，怀念茂财叔他们。那时候的讨饭人才是名副其实的讨饭人，他们大多穷途末路，只求解腹中之饥。一位满脸同情的村民将一碟大米倒入破旧的蛇皮袋，讨饭人脸上带着自尊的谢意，仿佛完成了一次化缘，那种画面只留在我们深深的记忆中。

（原载于《江南》2016年增刊）

雾海之感悟

吴美琴

今天，我乘着家人的车去县城，车窗外氤氲着小雨，像一个羞涩的女子，从天而降。蒙蒙雾霭给绿水青山增添了朦胧美。放下手中的茶杯，抬眸，轻雾中的山水映入眼帘，不料竟被她看透了心事。

起初，只有远处高山之巅薄雾缭绕，给人一份静谧，一份安逸，一份神秘。雾慢慢从山巅一路向下，似乎要跟着雨滴回归本源。轻雾就是一位追求完美的画家，给世人一幅唯美的画卷。她轻轻软软的，钻进你的衣领里，让你挥之不去，无法摆脱。之后，雾借着雨天的阴沉开始肆无忌惮起来，原本远处还是可以辨别出来的楼房，现在都在层层雾霭中隐隐约约起来。山峦、树木、村庄，全部都在一片白色之中，原本的世界模糊了，身在其中的我，亦不知虚实。

车子招惹了多事的雾，也开得越来越慢了。这时，我对雾有了几分恐惧。在雾中，人们总是容易失去自我，即使是薄雾，也能扰乱你的视线、你的思维，一个不小心，就会做出错误的选择。雾里观花，虚虚实实，让人看得费劲。

下车伫立雾中，欲拨开雾气，却忘了雾是最难摆脱的水凝结产物。在这个大雾迷漫的清晨，人们也许更愿意蜗居在自己的小窝里看娱乐节目，而我却选择了身在雾海。我不敢说自己有多么清醒，有多么理性，但是，也许在雾中更能了解自己的心。我就像一片飘零的秋叶，内心苦苦挣扎着，茫然不知去向何方。

人生就像一场戏剧，生旦净末丑纷纷登场，演绎着人世间的悲欢离合。世间诱惑形形色色，又有几个人抵挡得住？面对诱惑，有谁记得曾经的誓言？有谁能抛开物欲坚守本色？

荀子说："人生而有欲。"欲望与生俱来，不可避免，但是并不说明人可以仍欲望膨胀。古往今来，因不能控制欲望而身败名裂的故事举不胜举。面对生活的诱惑，我们似乎看不见红尘之中那些充满无奈和愁苦的心，我们只看到光鲜亮丽的人们，却无法看到角落里苦苦挣扎的流浪人，也同样无法理解流浪人背后的辛酸。诱惑将我们变成物欲的奴隶，无法自控，像行尸走肉般活着。

雾渐渐散去，我心中也一阵清明。人生很漫长，将会面对很多诱惑，毕竟我们生活在纷繁世间。人，作为世间的一个微小个体，无法摆脱诱惑，但可以在面对选择时，固守自己的做人原则。面对诱惑不动心，这样的人才是真正懂得生活的人。

（原载于《江南》2016年增刊）

能仁书院

张嘉丽

　　很早之前，就知道苏羊准备在雁荡山附近找一处门前有小溪，房在半山腰，安静恬然的地方。她要在山间一边开家庭服务式客栈，一边用盈利的钱办一所类似民国时期的民间书院。让孩子们在她的书院里学琴、学棋、学书、学画、种菜、种茶、养鸡、养鸭……让孩子们亲近大自然，体验一种类似古代的耕读文化。她理想的书院是一个充满爱和温暖的地方，在那里，孩子能够自由自在、快乐健康地成长。

　　苏羊的性格在我看来一直带着开天辟地的气魄，她总想别人不敢想、做别人不敢做的事情。我跟她讲"开天辟地"的时候，她和我掰扯，说她做的事早就有先河，可是我指的是她的性格，她指的却是她做的事。

　　她的书院是去年夏天建成的，在她的博客里，我看到过她在雁荡山整理房屋的照片。瀑布、台阶、小溪、石板桥、老房子、木楼梯、雕花门、木窗格、带着天窗的房顶、瓦片、参天古树，样样都保存着返璞归真的原始状态，都带着乡村的淳朴美。看着那些正安装门窗、楼梯、书架的图片，我似乎能闻到那些清新木料的香味。

　　在去乐清的路上，我脑子里像过电影一样闪现着苏羊的书院，一遍又一遍。瑶瑶的画展上，苏羊在弹琴，我仔细地观察她的手指，她的手在琴上擘、抹、勾、推、掐。我屏气敛息地听她弹，琴声像流水一样，铮铮有声，像水流一样缓缓地顺着一条小溪流。此时，脑子里又像过电影一样，闪现着她的书院。瀑布、台阶、小溪、石板桥、老房子、木楼梯、雕花门、木窗格，竟每一样都想认识，越想越坐立不安，总想着无论如何得跟她走一趟。

说好了，第二天早起采茶花，参观"羊舍""书院"。晚上，我跟着苏羊她们一起回到了雁荡山。在回能仁村之前，先去雁荡山庄。我、东君一起听蔡珊、唐彬、苏羊他们互相切磋琴艺。因为要听得仔细，每个人大气不敢出，都屏气敛息地听他们弹。从这支曲到那支曲，听得我们似乎也回到了远古，人人心里也似乎有一根弦，一拉一放，"嘣"一下，心就碎了。回到能仁村时都快凌晨了，我和苏羊躺在一张床上，为将要看到苏羊的理想而兴奋，竟一时睡不着。睡前看了一会儿书，书看得很不专心，还是想着她的理想。天亮时，眼睛没睁开，倒是先听到了雨声，采茶花是要泡汤了，便躺着听了一会儿雨，雨声里的画面又清晰起来。

苏羊她们接蔡珊、唐彬来一起看书院。

那边姐俩儿刚走，这边她家的猫和狗打起架来。它们互相搂着抱着地打，像两个情侣在那儿，打得文艺而又绘声绘色，又是巴掌，又是嘴巴，看似狠狠地打，拼命地咬，却又没伤到对方丝毫。我看了一会儿，竟忽然觉得，这主人有思想，就连她家的动物和别家的动物也来得不一样，这架打得漂亮极了，暴力中带着温柔。想着想着，我忽地笑起来，切不可小瞧这一猫一狗，将来它们也是书院的一部分，是要被许多人载入书院史册的。

他们来了后，我们便沿着村子里的一条路走。走不多远，往左拐入一条小径，那是一条弯弯曲曲的石阶路，靠台阶的左手有一瀑布，叫燕尾瀑。瀑布虽不大，但雨后的水流很急，瀑布的形状像一块燕尾纱飘落下来，落水哗哗有声，恰似琅琅读书声。瀑布旁边是一条小溪，燕尾瀑的水流下来汇入小溪后便往前缓缓流去，水流潺潺有声，倒也悦耳动听。这一瀑一溪一唱一和犹如丝竹入耳，乱人心扉。几个人撑着伞站在石板桥上竟舍不得走，静听苏羊讲"羊舍"与"能仁书院"的传奇。

　　我们沿着溪边的小径往前走，往右，往左，往上，往左，再往右，到了"羊舍"，房子虽还在装修，但格局已安排好。木楼梯、木地板、雕花门、木窗户、木格子、条凳，房间里每一处都让人看着舒心。沿着窄窄的木楼梯上去，上面一层不高，空间也不大，但是温馨极了。房间几乎都是木结构的，木地板、木窗户、木门，靠墙的一边是简易的书架，靠溪的一边有一排木窗户，无论你推开哪一扇窗，都能一眼望到小溪，望到青山，望到对面的能仁寺。苏羊的计划是，在书架上摆一些可看的书，在窗户边摆上古琴，在中间的木地板上放几张小桌子，桌子上摆几套茶具，地板上摆几个坐垫，或者什么也不要，几个相投的朋友席地而坐，围桌喝茶，一边品茶的清香，一边谈经论道，耳边传来的或许是瀑声，是溪声，是钟声，是经声，是琴声。在这一个没有都市的喧嚣与繁华，没有"我无尔诈，尔无我虞"，没有声色犬马、权利纷争，有的只是袅袅茶香与炊烟。人在这么一个百事勿扰的地方，还需要什么？除了真正回归自然，便什么也不需要。

　　在那间房间，我们流连，舍不得走。

　　看了"羊舍"，我们开始往上园半山腰的房子走。在崎岖的山路上，缥缈的雾在山间缭绕，互相交错织结。走着走着，看到了路边的茶花，这就是我们所喝的茶花茶。因下着雨，每朵茶花卜都挂着水珠，花瓣在雨水里晶莹剔透，漂亮极了。那些茶叶的花在未被苏羊她们发现之前，谁也没发现它们的美，大概只是开了谢，谢了开，白色的花散了一地化成肥，来年，再开再谢再化肥。不想，却被她们发现制成茶，它们在杯里开始极致地舒展、妖娆、妖媚，让你上下左右轮回地看个够，然后它们馥郁的香气又会在你的唇齿间弥漫开来。也许这不起眼的花，被重视起来，亲近后，人也会染上它的香，然后四溢起来。

　　上园的老房子位置极好，它藏在半山腰的一片密林中。房前有片竹林，院子里有丛生的杂草，门前的石板路上有百年的银杏树，下面有一条小溪，处处一幅古木参天、草木茂盛的幽深景象。当然，若胆小的人住在这里，夜晚的风吹来，也有着一种草木皆兵的气势。

一条石阶通往上面的庭院，因为房屋荒废太久，石阶上长满了青草。我们沿着门前的石阶往上，绕过古朴的石头围墙，来到一处庭院前，院落里有一大一小两间古香古色的稻草房。苏羊的意思是，大的给人住，小的给鸡住，人可以在大的房间里煮茶论剑，鸡可以在小的房间里早也啼，晚也啼，给琴伴奏。听了简直让人羡慕死了。

草房左侧便是有着江南古民居风格的二层砖木结构的老房子，房间还在装修。传统的房间、传统的灶台、木楼梯、木栏杆、木地板、天窗、石壁，以及将来要摆的古琴、茶桌，孩子们的书桌、作品，猫、狗、鸡、鸭、鹅，光想一想，样样都让看惯了钢筋混凝土的人怦然心动。若在她那房间里倚栏眺望远方的风景；若坐在楼梯的栏杆边听琴；若雨天坐在天窗下看雨；若闲得无事招猫逗狗；若赶鸡上房，追鸭下水；若叫鹅拧着长脖子问候每一个过往的人；若躺在大树底下，白天听鸟唱着婉转的歌，夜晚没事儿数星星；若上山砍柴，生火烧饭……生活在这里的人，无论是大人还是孩子，内心的快乐要远比城市里的人多得多。

出了上园的老房子，我们往更幽深处去，那是一条遮天蔽日、弯弯曲曲的小路，四周除了缭绕的古木古藤，便是丛生的杂草，路上则积了一层厚厚的落叶，每走一步，脚下便发出沙沙沙的声音。唯一的热闹，是一只鸟儿在枝头婉转地唱，我寻了半天，看不到它。走着走着，大家都惊喜地停了下来，前面是一段下坡路。这片下坡处堆了一层厚厚的枫叶，好像此处铺了一块枫叶毯。抬头一看，那棵参天的红枫，因为下雨，叶子几乎落光了。几个人竟兴奋地在那条红毯上踩来踩去，似乎回到了童年。

随后，我们来了半山房。在山顶时，苏羊就曾指给我们看。白房子前有一条小溪，为了走得便捷，他们在溪上搭了座吊桥。远远地看，吊桥很显眼，也很别致。半山房正在装修，吊桥也正在搭。我们先到房子里参观。迈进门槛，大家一眼就瞄上了一架为孩子们做的木制健身器，每个人都童心大发，上去走了一回，寻找童年中难得的欢乐。苏羊说，半山房一半做家庭式客栈，一半做书院，现在一切都在筹备中，看着每一处的建设一天一天有新的变化，又有那么多人来帮她，一想到理想马上就要实现了，她特别高兴。我们跟着她一路走下来，每参观一处，都为苏羊的这种理想所折服、震撼。正如她所说："我们很多人都想要摆脱生活的束缚，但是很多人只是想想，说说而已，我不过是去做了。"或许我们许多人都没有她的那份勇气。

　　临走时，我走了走那还未完工的吊桥，心里突然踏实起来。

（原载于《西湖》2017年第10期）

武阳的天空

陈挺巧

一

刘基在《若上人文集序》中说："桐江显名是因为有了严子陵，彭泽著名是因为池元亮，黄溪西山出名是因为无柳子在那儿做刺史。我知道他们早已死去再也听不到这种议论了。是山水帮助这些文人名士扬名，还是这些人使山水出了名？"

刘基离世已经六百多年，刘基的这个疑问如今落到了刘基自己的身上：是武阳的山水帮助刘基扬名，还是刘基这个人使武阳山水出了名？

二

1311年6月15日，刘基出生于南田武阳。"初一的娘娘，十五的官"，民谣告诉我们十五出生的男子会做官，刘基命里是带贵气的。

南田世称福地。福地者，神仙居住之处也，通俗地说，就是幸福安乐的地方。按道教的说法，南田是天下第六福地。北宋《太平寰宇记》载："天下七十二福地，南田居其一，万山深处，忽辟平畴，高旷绝尘，风景如画，桃园世外无多让焉。"

南田农耕旱涝保收。刘基《题富好礼所畜村落图》说："我昔住在南山头，连山下带清溪幽。山巅出泉宜种稻，绕屋尽是良田畴。"南田民谣有"大旱不绝收，大涝不漂流"的说法。在农耕时代，土地肥沃、旱涝保收是构成福地的重要因素。

武阳之于刘基，是个神示的地方。刘基的祖父祈祷于丽阳山神，梦见执羊头而舞者，从处州竹洲迁至武阳。

南田，是福地；武阳，是神明选择刘基出生成长的地方。刘基的远祖，可追溯到宋宣抚都统、少保刘延庆。刘族远祖显赫，为武将世家，自迁徙南田武阳，家道渐衰，却由武将世家而书香门第。这是否也是神的指示呢，抑或武阳就是个出读书人的地方？

地灵的武阳出了刘基这个人杰。

刘基是个学问家，通天文地理，谙韬略，有帝王之术、治国之才，诗文"独标高格"，"允为一代之冠"。他的《卖柑者言》鞭辟入里、振聋发聩。

刘基是个智者，在功成身退的变局中，避免了被杀戮、身败名裂的命运，得到善终的结局。

刘基生得其时，把握了历史机遇。元末乱世，群雄逐鹿，"能识主于未发之初，效劳于多难之际"，辅助朱元璋。在建立朱明王朝的过程中，刘基深得朱元璋倚重，称之为"吾之子房"。刘基的功劳可谓重大，"王佐"之称，名副其实。

三

作为一介书生，一部《郁离子》就够他流芳百世了；作为一个谋士，辅佐朱元璋成就帝业，也就名存青史了。刘基鱼与熊掌兼得，他还有什么不满意的呢？

1368年朱元璋称帝，八年来追随"明主"一统江山，刘基的功劳有目共睹。刘基被授予御史中丞，似乎实现了人生抱负。

明太祖一如既往，问以生息之道，与之论治安之道，给刘基荣耀，减少刘基家乡的税粮。刘基对答如流，游刃有余，踌躇满志，自感肩负一种新的历史使命。

刘基一如既往，怎么想怎么说。他指点朱元璋"生民之道，在于宽仁"。而朱元璋说："不施实惠，而概言宽仁，亦无益尔。"朱元璋想在自己的家乡建都，刘基说："凤阳虽帝乡，非建都地。"朱元璋试问应如何对待臣子，刘基说要保存臣子的体面，不应动辄羞辱。朱元璋与刘基论相，刘基对朱元璋提名的三人，说"诚未见其可也"。

然而，这个登基前常夸刘基为"吾之子房，常呼先生而不名"，言听计从的朱元璋经常对刘基不耐烦，且发火了。

君臣的融洽如春梦般短暂。朱元璋登基才八个月，南京从夏到秋没有下雨，刘基借求雨之机进谏弊政，可过了十来天仍未降雨，朱元璋竟然勃然大怒，让刘基还乡。

刘基一脸惊愕。他的满腔热情，如同被浇了一盆冷水，满腔的委屈，只能诉说在诗中。他在武阳写下了《老病叹》："我身衰朽百病加，年未六十眼已花。……不如闭门谢客去，有酒且饮辞喧哗。"

"辞喧哗"，刘基似乎有了退隐之心。

1369 年正月，朱元璋亲定功臣位次，以徐达等二十一人立庙鸡鸣山下，却不见刘基的名字。1370 年朱元璋大封功臣三十七人（公六人、侯二十八人、伯两人）。刘基封诚意伯。

1371 年正月，刘基再一次被赐归。朱元璋说："苍颜皓首之年，当抚儿女于家门。"于是武阳的儿子还居武阳。刘基吟咏的，依然是如在元末官场那样的济世不遂、才智难施、仕宦浮沉、生命无常。他似乎觉得，1358 年自我放逐、愤而弃官归故里著《郁离子》，现在的景况怎么和当初别无二致呢？打下的江山，是朱氏的，朱氏与元朝统治者一样并不需要他那一套治国的理念。"可笑春蚕独苦辛，为谁成茧却焚身。不如无用蜘蛛网，网尽蚩虫不畏人。"他的《春蚕》真实地写出了他的无奈与苦闷。

愤怒出诗人，因谈阳设巡检司一事而到京城引咎自责的刘基写了一千两百余字的《二鬼》，淋漓尽致地写出了身怀经世之才，忠心耿耿，却遭"天帝"猜忌的自我形象。

1375年3月的一天，朱元璋知道刘基一病不起，放还刘基还乡。朱元璋说："我念你的是你跟我时我还在多难之际，我给你封爵，是要使你永垂不朽，让你归老故里、颐养天年。不知怎么有了嫌隙，去了你的俸禄。当官的，能够终老归家，已是万幸了。回去吧，也就君臣、恩怨两尽了。"

3月的南田，北风还留残威，刘基在马背上颠簸着爬上岭根岭，已是摇摇欲坠，坐骑也犹豫不前。刘基进得岭头茶堂，瘫坐在宽长的茶凳上。"刘二！"一声惊诧在暮色笼罩的茶堂里散开。"刘二，你回家了！"儿时一同爬树摘山枣的玩伴敏捷地倒茶水，响亮地叫着他的小名。刘基恹恹地望着大他三岁的施茶亭主，轻缓地说："富大哥……现在想和你在武阳后山爬树摘山枣，已是不可能了。"或许在此时，他悟到了一切都是过眼云烟，人生的真正价值在于平平淡淡，在武阳山村，守着一亩三分地，老婆孩子，一日三餐，粗茶淡饭，老死户牖之下。

在武阳自家堂前间，透过窗棂，刘基望着武阳星空那颗最亮的北斗星，他想看看其他的星宿，却无力抬起沉重的头颅。武阳的天空很小、很圆，看着内心安详。外面的天空很大、很精彩，现在却再也见不着了。太阳慢慢落下西山，刘基的目光游离于屋前的田垟、山中的灌木，断断续续吟诵着他的《无题》："黄鹄高飞云路迢，野鸟谋食但泥沙。山中樗栎年年在，看尽西风木槿花。"生命如樗栎无人看重，渴望着去当栋梁。做了栋梁，蓦然回首，却见樗栎逍遥自在。

四

武阳至今还是个小山村，几十户人家，大多是刘基的后裔。夏日武阳的田垟种满了荷。赏荷、观刘基故居的人络绎不绝。"福地人家"的户主老刘，是刘基第二十三代传人。他和村里的几十户人家一样，经营着农家乐，客人在他家包吃包住一天三十元，客人享受着武阳的山水与人文，老刘们享受着武阳山水和太公刘基留下的福祉。

面对武阳，我思索着刘基和对他疑问的解答。

刘基是个入世思想极深的儒者。辅佐朱元璋成就帝业，对刘基而言，不是目的，他的最高境界是治国。他并不太在意"王佐"，而是要成为"帝师"。在新王朝，他要辅助朱元璋建立一个礼贤下士、吏治严明、风纪由振、劝课农桑、国富民强、歌舞升平的社会，并为之宵衣旰食、殚精竭虑。

刘基不是一个功成身退者。刘基是"王佐"，不是"帝师"。刘基不是张良，张良的道家思想使他功成名就后毅然转身、飘然而去。浓厚的儒家入世思想使刘基明知不可为而为之，然而当他身陷朱明朝廷的泥淖时，深感韬光养晦才是自我保全之道。刘基委曲求全、战战兢兢、如履薄冰，惶惶如丧家之犬，命悬一线。他并不是要保全自己的既得利益，他想保全的是实施治国方略的机会，但正如他担心的，他失去了所有的一切，只是保全了性命。

刘基思想，人们把它总结为刘基文化。武阳，是南田福地的精华。一方水土与一个人的结合，就这么形成了一种文化。这种文化深深植根于生他养他的山水，深深植根于南田这个福地和武阳这个灵秀的小盆地。这个小盆地有着一弯肥沃的田垟，一溪碧水沿着刘基故居对面连绵的寿桃山、笔架山、金龟山、宝剑山流向小巧玲珑的水口。

而今，以刘基谥号为名的文成县的人民正在全力推广刘基文化。刘基故居、刘基庙、刘基生态文化园正在把山水、人文紧密糅合在一起，发挥其生态、文化、经济、社会效益。

世人都说，名山胜地，一定有文人名士出现在。为什么？因为好的山水，有助人成才、启迪人思想的作用。

一方水土养一方人，一定的环境造就一定的人才，一定的人才又为一方山水带来积极的影响和效益。

读刘基其人，解读刘基文化，终使我悟出一个道理：一个人必须在属于自己的土地上，活出一片属于自己的天空。

（原载于《中国文化报》2014年10月30日）

写在情人节的门槛上

金邦一

又是一个没有情人的情人节，以前会很平静地在家里看书、写字，不会过问花店里鲜花有多贵，也不关注旅馆的房间价格是多少，那些今夜失贞的少女们也不关我事，也不会想到今夜有多少人会缘定三生。对于一段已经发展几个月的爱情来说，今晚是父母见面，留宿丈母娘家的好机会。

他们会围坐在温暖的房间里，母亲们的眼睛们放出幸福的光芒。像一家人一样聊着家常，说着子女们工作的事情，互相夸着对方的孩子，也顺便讨论一下婚嫁的细节。不知道那个女孩面对这样的场景，此时此刻她在想些什么。是不是还会记起前年的这个时候，我送给她的玫瑰，但是我相信她已经忘得差不多了。那天在一个同学的结婚酒席上偶遇了她，我阴差阳错地坐在她对面。我发现后，就很自觉地换了一个位置。因为我很难接受她那若无其事的谈笑。

最近已经没有女孩子找我聊天了。因为我已经把我的资本全部挥霍光了。没有了个性，也因此没有了青春，认识的人越来越多，可以谈心的越来越少。眼光变得忧郁木讷，失去了飞扬的朝气。但是我不会忘记，曾经在我最美好的年华，我坚守了我的誓言。

失去的东西，已经不能再挽回。对于未来，却总是看不清。做个记者，我怕时间太赶；做个教师，我怕规矩太多；继续深造，而我的学术之路已断了太久，看了太多的新闻报道之后，我对这条河的深度，也看不太清楚——最主要的一点，我的时候已经到了。

浇灌什么样的种子，结出什么样的果实。站在而立之年的门槛之前，我对我的人生非常疑惑，觉得自己做不到白首功名，而确实一事无成。我对生活还有一点洁癖，很多时候会很羡慕别人的成就，但是细想想，也觉得那些东西离自己太远。

不仅神马是浮云，原来还有点相信的神女们，也是浮云。

我疑惑我读过的书，疑惑学校里教授我的一切，甚至疑惑我的文字。对于已经不太注重内心的人们来说，文字是没有一点效果的。他们会跨越文字的障碍，躲避内心的真实，勇敢地向生活走去。我对我文字的真实性产生了怀疑。

我疑惑我的家庭，疑惑我生活了二十多年的家乡，疑惑工作多年的单位。我进入了一个虚幻的世界，而我走不出来。

难受的时候，我想到用猎枪结束我的生命，但家庭和责任又给我偷生的借口。我害怕鲜血，开得像花一样灿烂，从头颅混合着脑浆一起流出。小时候，我是连我妈杀兔子，都躲到楼上不看的。这样想来，我对生，还是有很多迷恋的。

可是我已经看不到生的意义。这是一个一眼看到头的职业，到了五六十岁的时候，我可以安静地退休，多出了空余时间，但是不会再想着去拼搏。

（原载于《江南》2016年增刊）

他

周　锋

　　他喜欢安静地坐在舒软的草地上，仰望蔚蓝的天空，因为他在某部电视剧里听到过这样一句话："当你想哭的时候，就抬头望着天空，那么你眼眶里的泪水，就会被收回去。"他像个虔诚的信徒，始终相信，因为他就是这么做的。

　　他的理想是当一名画家，用他喜欢的颜色，画出他喜欢的形状，画出他钟情的事物。他拿着画笔，在白纸上胡乱涂鸦，然后嘴角露出一个恬淡而满意的微笑。他把他的作品拿给他的母亲看。母亲轻轻地抚摸着他的头发，轻柔而温暖，带着无限的温情。

　　他喜欢母亲的抚摸，因为他觉得这世界上没有什么是比这更温暖的了。

　　他对母亲说，他要成为一个画家。母亲的眉头忽然紧蹙，仿若一道紧锁的门，忧伤慢慢爬上双眸，她的眼睛逐渐湿润。

　　她沉默了，安静地坐在他身侧，也学着他的样子，抬头仰望天空。

　　母亲告诉他，山坡上的蒲公英都开花了。他在想，蒲公英到底是什么样子的呢？又会是什么颜色的呢？母亲看出了他的心思，牵起他的手，和蔼地说："那是世界上最单纯也最复杂的颜色——白色。"

　　他点点头，像是听懂了。他的脑海里，瞬间呈现出无数种有关蒲公英的白色形象。它们飘逸轻柔，它们潇洒自由。

　　母亲带着他，去了那个长满蒲公英的山坡。

他的手触摸到了那毛茸茸的花絮，那是种温暖而柔软的感觉，像一朵朵小小的棉花糖。从此，他爱上了蒲公英。

他清楚地记得那种触感，仿若母亲抚摸他时的那种温软。

或许，在他母亲眼里，他也是一株蒲公英，最终也会飞离山坡，飞离她的视线。

回到家后，他画了一幅画送给母亲。纸上飘满了他所挚爱的"蒲公英"。

有人问母亲，那纸上凌乱的线条是什么？母亲只是笑笑，不说话。她懂他，懂他画的是什么，也许这世上就只有母亲能够懂他。

母亲看着那些横七竖八的线条，它们奇迹般的组成了毛球状的线团，像一把把交织在一起的小伞。那是他的蒲公英，也是他的爱。

他依旧喜欢安静地坐在草地上，但母亲已经不在身旁，而他也不再仰望天空，更不再幻想当一名画家。他要实实在在地生活，把每一天都过好。那是母亲辞世前的唯一心愿，他要为她好好活着，就像那些蒲公英一样，既要生长，又要飞翔。

他仍然会去那片长满蒲公英的山坡，因为那里承载着他的梦想和记忆。

黄昏时，他温柔的妻子会把他牵回。

在他的一生中，能得到两个女人的爱，他觉得这已经是上天对他最大的恩赐。

他是个瞎子，是的，瞎子。

五岁那年，因为母亲的疏忽，他被滚烫的开水烫伤了双眼，从此，他的世界告别了绚丽多彩，永遁黑夜。他懂母亲的愧疚和不易，所以从未埋怨半句。

他虽瞎了，但对于这个世界，他比谁都看得清楚。他看得见他的母亲，看得见满山的蒲公英以及他那贤淑的妻子。

他会给她讲离奇的故事，她会为他写成书。

这就是他的生活，平淡无奇的生活，但却很充实。

（原载于《延河》下半月刊2018年第1期）

家乡杂忆

周文锋

"树落千丈总归根","龙巢不如狗窟",说的是人们无论到哪里,总想着生我养我的家乡,总有一种永远缠绵于心的乡情。

许多许多人说,真奇怪,做梦怎么老是小时候的事,老是家乡的山、家乡的水、家乡的人。这就是故土情结。

我的老家村名叫山后,顾名思义就是山的后面。一座四百余米的红岩岗站在太阳升起的地方,村落坐落在红岩岗背阳的山脚,六月,七八点钟才见太阳;冬季,八九点钟,太阳羞答答还不肯出现。

老家山后,我的童年、青年都在哪里度过。虽然离开家乡已三十余年,但他的一草一木总时时在我梦中萦绕。

一、水口祠堂

村口有一蒋姓宗祠。

早年,祠堂分为上祠堂、下祠堂,占地三亩余。上下祠堂中间,有一条大路横贯,是富岙乡通往黄坛镇的必经大道之一。

上祠堂为五开间,左侧是一土地庙,土地庙比祠堂高一人有余。村里做戏,土地庙就做戏台,祠堂道坛就是村里人看戏的地方。祠堂后面还有一座蒋家先辈的追远祠。

新中国成立后,祠堂成了村小。

那时候，祠堂里可怕极了。祠堂的梁上架着一具具空棺木。教室的外面，土地庙里边上是棺木棚，停放着了一具具死人的棺木。另外，村里的人死了，都停尸在祠堂，然后收殓入棺。从一年级到二年级，我就是在这种与死人、棺木为伍的可怕环境里度过的，终日提心吊胆。

祠堂是我的禁地。我家比祠堂高数十米，能看见祠堂，每天早上，我要站在我家道坛伸长脖子瞭望，有同学到祠堂门口，我才背起书包去上学。来到学校门口，与其他同学一起等老师来了，才敢走进祠堂的教室。下午放学，谁也不敢多留一刻，要是轮到值日，别提有多害怕了。老师一宣布放学，同学们还没离座，就像抢东西一样地叠凳扫地，风卷残云般逃出祠堂。

课余，有时我和同学相约到路下的下祠堂玩。

下祠堂为五开间迴廊四舍式，一头同样放着棺木，另一头却住着一个五保户老人，开着全村唯一的小代销店。有时候，少不了去一趟买盐买火柴。课余，我身上虽然没钱，但仍拉着同学的手去代销店，看看油绳，看看炒米，看看糖果，馋得口水直流，直到上课铃声骤然响起，才跑回教室。

二年级毕业，转入八里路处的黄坦区中心小学就读。但早去晚归要经过祠堂，祠堂阴影总抹不去，每天总祈祷着祠堂的门关着，别让祠堂的"鬼"跑出来，这样可以不那么害怕。

村里的长辈告诉我们一个对付"鬼"的方法：要是碰上"鬼"或者心里非常害怕，口里轻轻念或心里默念"皇天出来，皇天出来"，就立即会胆量大增，"鬼"就不敢近身。有时候，下午放学因值日迟了，祠堂门又开着时，我怕里面的"鬼"跑出来拉我，就远远憋足劲，一边念着"皇天出来"一边飞跑过祠堂门。

后来，下祠堂和土地庙木料和瓦片被公社强制拆去擂（方言，落的意思）官崖水库的管理房。顿觉这里阴气减少，阳气增强。"文化大革命"

时，政府强制命令，学枝不得停放死人和棺木，又拨款进行简单的修整，有了两个教室，三四个教师，数十个学生。这里也成了村里集会的场所。我就在这里宣誓入了团，小时候对祠堂的哪种害怕也渐渐消失。

读书毕业，分配到城关工作，每年只一两次回乡。回乡时，总是经过祠堂门口，那祠堂总是要瞧上一眼的。

那年，祠堂里的小学也被撤销了。一条公路大坎在祠堂后面高高矗立，注定了祠堂的败落。

渐渐地，祠堂成了灰铺，日见腐烂、塌陷。面对残破祠堂，忽地有了一丝苍凉的思古幽情。它毕竟是我启蒙之地啊，离别雅童进入学校，聆听老师教诲的第一天就是从这里开始的。但细细一想，祠堂的倒塌破败是一种庆幸。如今的小孩，不用再在祠堂阴暗的角落里读书，不再因祠堂的阴森可怕而在幼小的心灵留下创伤。

祠堂，我送你上路吧！

二、枫树泥

村里有数十棵合抱的大红枫。村旁的大岭就叫枫树岭。

我读过许多描写枫叶的诗和散文，人们对枫叶多是赞美之词。但在童年、少年、青年的我的眼中，红枫却是另外一种风景。

这许许多多的红枫中，令我记忆最深的是村口旁的一棵大红枫。

这大红枫斜伸着躯干，树荫遮盖着祠堂的一角。枫杆平楼高的树杈下有一个很大的洞。洞里长期泥水积聚。这泥水可是上乘的退热解毒药。

有一回，祖母病了，浑身发烧，牙根肿痛，渐渐地面额肿了起来，传又是用盐卤浸纸贴额退热，又是煮草药清热解毒，都不见好转。

有人说，这是风热强盛，退热退肿唯有枫树泥。我和爸爸背了一把梯子，架于枫树之上。爸爸扶住梯脚，让我爬上树干，舀树洞里的泥水。

我爬到一半，便双脚发抖，不敢再上，只好退下梯子，让爸爸爬上树杈舀泥水。

祖母敷上从枫树树洞中舀来的泥水，再从烂水泥污中掏来烂枫叶子，加上芦竹根煮水吞服，病就神奇般好了。

我感到惊奇，这泥水怎能治病呢？农民们说不出个道道来，但知道这东西能清热解毒。民间医药就是这么神奇。

枫树泥能治风火热毒。我对这枫树就有了一种神奇的感觉，也产生了一种对民间药方的崇拜。至今我还认识很多的草药，并记得这些草药的用途，如头痛"铁扫帚"，鼻出血"鼻头公花"，牙痛"风火草"，中暑"地员""遍地锦"，大肠风"鸟脚鸡"，但不知这些草药学名叫什么。如今我常常买一些草药泡汤做茶饮。

那年，当我坐车回到家乡，这棵枫树为公路作出了牺牲，已销声匿迹。它永远只能是我脑中的一种回忆了。

红枫的存在，为我们老百姓默默提供用药；红枫的离去，是为我们的康庄大道路而牺牲自己。红枫，它在我这个山沟沟爬出来的农民的儿子心中，永远有一种无上的美感。

三、腊籽树

我家有一颗柏子树。

柏子树方言叫腊籽树。

集体化后，邻村腊籽树都归集体所有，可我村却还属个人所有。

我家的腊籽树很大，颗粒也很大，每到九十月腊子成熟，约能收百余斤腊籽。

那时候，国家对腊籽实行强制收购，每斤收购价两三角，还有粮票和肥田粉奖励。因此，每到腊籽收获时，便是我家最高兴的时候。父亲卖了腊籽后，能提回一小袋白米，买上一两斤猪肉，烧上一锅肉饭，对于整天吃番茹丝过日子的饥肠来说，那是一餐醉心的享受。

收腊籽时，村里会有许多妇女和小孩，帮你收拾从树上割下来的腊籽枝。村民们之间有约定俗成的规矩，这些帮助收拾腊籽枝的妇女和小孩，有义务把整枝的腊籽拾起来还给主人，也有权利捡脱离腊籽枝的颗粒归自己。一棵腊籽树收完，那些妇女和小孩每人都会捡到一两斤的腊籽。

有个别妇女想多给自己捡点，趁主人看不到，会偷偷地把整枝的腊籽捋下来当作散粒放进自己兜里。所以，每年收腊籽时，尽量挑孩子们不读书的时间，全家人出动，时时用眼睛盯着来帮捡腊籽的妇女和小孩，告诫他们别偷腊籽。

腊籽外面雪白的松软层被脱下来后叫皮油，听说是做蜡烛的。里面的黑色籽粒榨出的油叫青油，是农村用来点灯照明的。

好几年，我家偷偷留下一部分腊籽。祖父趁黑夜偷偷地送到五六里路外的一个名叫上岩宫的偏僻地方，连夜榨好油，在天未亮前偷偷地潜回家。常有村人偷偷求购青油。祖父总是千叮咛万嘱咐求购者别说是从我家买的，否则，我家就要遭殃。祖父交代了求购者，就拉着我说："小孩子家，别人问你，你什么也别说，只说不知道。"那时，我总是点点头，心里总脱不了我家犯罪的感觉，害怕极了。

令我终生难忘的是一次吃腊籽油煮的菜头丝饭。白萝卜，我们方言叫菜头。

记得那是1961年初冬。

祖父拔了一篮的菜头，说要煮菜头丝饭吃，可家里没有一点食用油。

恰好腊籽刚收获，祖父突发奇想，腊籽雪白松软的皮油犹如雪白的猪油，何不用来做食用油。

祖父榨了腊籽的油，煮了一锅菜头丝饭。

开饭了，大家一吃，一股异味熏来，令人作呕。饥肠辘辘，只得强制吞下，不一会儿，一个个吐得一塌糊涂。

光阴匆匆，当改革开放的春风吹进家乡时，我回到了家乡，却不见了这棵记忆中的树。父亲告诉我，好多年了，国家不再收购腊籽，私人也不来收购，整树的腊籽长在树上再也没人收摘。前年6月，一道霹雳，把树给劈成两半，死了，做了烧火柴。

腊籽树就这样走完了它的路，消失了。面对树头树根，我是来祭奠的。我常常梦见收摘腊籽后吃肉饭的幸福，也梦见吃了腊籽油煮的菜头丝饭后呕吐的痛苦，但愿这梦会随着这腊籽树的消失而永远消失。

四、老父亲

我的父亲八十多岁了。他似盏灯，只要里面有油，他总亮着，不需什么条件。他似路旁的石碑，风霜雨雪，只默默伫立，瞧他也行不瞧他也行，从没有强求。

50年代末，妈妈整天吵着要与爸爸离婚，把五岁的我扔在一边不理睬。祖母抱着我一遍又一遍对我说妈妈变心了，我似懂非懂。不知那一天，只记得那天阴沉沉的，妈妈卷起一个包裹，真是要走。祖母之前交代我，要我在妈妈走时，拼命地哭，不让她走，用幼儿的哭声留住变心的母亲。那时的我在祖母的暗示下，一下子抱住妈妈，哭着不让走。妈妈抱着我亲了又亲，泣不成声。一会儿，她还是狠心放下我走了。我躺在地上拼命地哭，爸爸抱起我，眼泪齐齐落在我的小脸上。

妈妈嫁给同村的一个村干部。结婚的那天，爸爸紧紧抱着我，泪水似雨下。他说："阿徽，你妈死了，从此只有爸爸了，你要听爸爸、祖母的话，做乖乖的好小孩。"我流着泪用小手擦着爸爸脸上的泪水，点头答应。以后的日子，有许多人故意问我妈妈在哪里，我总照着大人的话说我妈妈死了。

　　祖母常对我说："阿徽，你妈死得早，全靠你爸爸了，乖孩子，你对爸爸说'爸爸，我将来一定会孝顺你的'。"每当此时，爸爸总制止祖母，说一句"别难为阿徽"。

　　爸爸没有再娶。三十余岁的爸爸却在屋前屋后、菜园坎边，栽种了许多小树。树在疯长，我也快速长大。十五岁的我，已高过父亲。

　　"复课闹革命"，爸爸为我做了一只小木箱，买了一只绣着五角星的挎包做书包，送我上了黄坦中学。

　　上学后的一个星期六下午，我刚进村，就有人跟我说，今天有人到我家为我爸提亲，女的是个带小孩的。我很气愤。回到家，我把书包往桌上一摔，大吼道："我不要！"祖母阴着脸对我说："阿徽，你爸爸才三十几岁，却已过独自人的生活十余年了，现在年轻不再娶一个，将来老了病了，谁来给他端茶送水？"我随口应道："我会照顾他的。"祖母又说："将来你成了家，你爸爸就无人照顾了。""那我不管他娶不娶，但不要那个小孩到我们家。""这怎么行呢，人家死了爸爸，她妈妈过来了，她跟谁生活？你不要这个女孩，人家妈妈是不会到我们家的。你就先答应，将来要是不同意，就当作妹妹，把她嫁出去。"祖母劝我，我如擀面杖吹火——不应。我又使出一招，在房里不出来吃饭，不去读书。祖母要打我，爸爸却拦住祖母说："算了。假如我娶了这个女人，她还会再生的，那时候，有带过来小女孩，有阿徽，还有再生的小孩，家中有这么多的孩子是不会太平的。别再难为阿徽了，我不娶了。"接着又安慰了我一番，他走向田野，看他的庄稼，看栽种的小树。

　　我考上了中专，爸爸讲话变得轻松，走路变得轻快。在我入学的前一天，爸爸摆了几桌酒，搬出三年陈酒敬请邻里亲友给我饯行。

　　祖母几次对我说，爸爸为了我牺牲了自己的青春年华，做了几十年独自人，他在我身上倾注了所有的心血，真可谓恩重如山，父亲一年比一年衰老，只有我一个儿子，我可要孝顺他。我说我会这样的。祖母又要我亲口给爸爸保证。爸爸听后，却对祖母淡淡地说："别难为阿徽了。他如今考上中专，我虽苦虽累也值得、也甘愿、也快活，其实这就是对我最大的孝顺。"

那天，父亲挑着我的行李，将我送到十里路外的黄坦车站。上车时，爸爸说："阿徽，有事及时给家里来信。"我听爸爸的声音似乎带着哭腔。我望他时，他却背转了身擦泪。

车徐徐地开了，我望着慈祥的满眼泪水的父亲，止不住流泪。

两年学习，父亲把思儿情嵌进黄昏夕阳、清晨彩霞，融入碧绿的青山、丰硕的田野，伴着欢乐的山歌、孤独的身影。

毕业后分配到城关工作已十年有余，我觉得进了"天堂"，但我不能带父亲进"天堂"，父亲也不愿来，他有山水情结。

有人问我父亲，儿子有没有常回来帮着耕种。他总说："阿徽单位工作忙，来不了。况且我自己还能干的，我没有带信叫他回来。"

有人问我父亲，儿子有没有常带钱回家。他总说："有，可我不要。阿徽在城关工作，开销大，工资又不高，且我手头还不紧，我要他的钱干吗。"

其实我也有过农忙时回家帮他干点活，但我一个文弱书生，花十元车费，再走十里路，赶回家劳动，手一上锄就起泡，肩一上担就肿，腰一下田就酸，气一上山就喘，半天劳动就无法坚持，反而劳烦父亲烧菜烧饭，陪上几杯蛋丝酒。我很惭愧。父亲却说，只要我能时常回家看看他，比什么都好。

父亲从未向我要过什么，却不时地给我带米捎菜。他都亲自给我送来，但从不在城关过夜，他说家里忙。

父亲就像一座山，只有奉献，从不索取；父亲就像一头牛，只一门心思拉犁；父亲就像一棵岭边树，只为人们遮阴凉，不在乎风霜雨雪。

我想对父亲说："父亲，你是我心中永立不倒的丰碑。"

五、童年往事

轰轰烈烈的"文化大革命"开始了。

有一天，爸爸拿出小锣对我说："阿徽，今天去送葬，吹打缺一人，这小锣由你打。""我不会。""很容易学的，大锣敲一下，小锣敲两下，一下敲在大锣当中，一下与大锣和台。紧板时，大锣快小锣追着快。慢板时，大锣慢小锣跟着慢。你一边念一边敲打。"说完递过小锣。

嘴上念的和手上敲的，我怎么也不合拍。爸爸又手握着我的手一边念一边敲小锣。渐渐地，我能把念、敲融为一体。爸爸又拿出大锣。父子俩实打实地奏打了一番。

出殡时，我敲打着小锣，得意洋洋地在鼓乐队中。吃了几顿好菜白米饭，使我久吃蕃茹丝的肠胃得到滋润。

爷爷是个演木偶戏的老艺人，能打鼓板，能吹，能提线。木偶戏班的人平时就是农村红白喜事的弹唱班。爷爷常出去弹唱。

那时候，农民过得是白天在田头、晚上坐床头的生活，一年中难得看到一两次电影队下乡放的电影。红白喜事时总请一个弹唱班热闹热闹，方圆五里十里的村民便像赶集一样来听弹唱。

爷爷要教我学弹唱，拿出许多陈旧的手抄剧本给我。

"修仙学道，快乐逍遥。三十三重天外天，白云里面出伸仙。神仙本是凡人做，只怕凡人心不贤。"我拿着《哪吒下山》又黄又旧的剧本，摇头晃脑在屋前屋后的竹林里吟唱着台引和坐诗，背诵整本台词。

以后的日子，我又学会了《白占起程》《凉亭会》《狄青回朝》，学习了拉琴、吹唢呐，便着实不知天高地厚地去混饭吃了。

这弹唱生活不但有好菜好饭吃，有钱赚，而且快乐，能领略到不少民情风俗。记得一次去畲村弹唱，把新娘接回的路上，逢溪过沟时都要撒上一把生豆种和爆米花。来到屋前道坛，新人便把两只盛着豆种和爆米花的红袋子依次递进中堂。我觉得十分奇怪，问一位同班的畲族先生。先生说，这是畲族的一种风俗，路逢溪坑而断。"断"意味着夫妻不长久和无子。豆种寓意一代传一代永远不绝。爆米花寓意家庭金玉满堂，夫妻能开花结果。而传红袋子则意味着传宗接代。那天晚上，我们正坐堂弹唱得起劲，忽然脚边房内人声沸腾，听唱人渐渐往那边去。我着急地说："我们快停一下，那边一定发生了什么事。"那位畲族先生却笑着说："没事。那是畲民在唱山歌，他们一唱起来就没完了，直到天亮。我们唱了这折戏，就收场吧。"果然，那边唱得越来越热闹，听唱者都涌向歌场。我们草草结束。

那时候，弹唱和演木偶戏被定为"封资修"，不准搞。教书的姑夫严肃地告诫我，我出身成分好，读书成绩好，完全会有读书饭碗捧，千万不能再去弹唱和演木偶戏，以免将来追悔莫及。

我便下决心与此生涯诀别，又上了学，但这段学艺生涯却害苦了我。

1975年至1976年推荐上大中专学校读书和区乡招干，这段生涯使我暗无天日。

然而，这段生涯又帮了我大忙。

1980年师范毕业分配时，业务上归文化馆的县木偶剧团缺一个人，我搞过木偶戏，又是中文专业的毕业生，能写一点东西，鼻涕流进嘴里——顺便，我便留在了文化馆。

人生就像一场梦，梦醒时分回顾梦中之事，自有一番滋味。坑坑坷坷的人生才有回味。

（原载于《江南》2016年增刊）

谈阳怀古

周玉潭

初秋，我站在谈阳巡检司的旧址上。午后的阳光照得人睁不开眼，景色迷离。

谈阳，一个古老而偏僻的小山村。从县城出发，约二十公里，到百丈漈镇，再十多公里，到二源，然后顺着一条弯弯曲曲的水泥路开上十几分钟的路程才到目的地。前几年这里还是乡政府所在地（朱阳乡），后来撤乡归入二源乡，后来又与二源一起并入百丈漈镇，再后来二源独立成镇，归属二源镇。但就是这个现在怎么看都显得平常的小山村，在明朝却是要塞：谈阳属于瑞安五十一都，而与它毗邻的二源却属于青田九都，连接瑞安与青田的大道从现在的玉壶翻岭而上，从谈阳横穿而过，直伸二源。历史就这样戏剧般的造就了谈阳特殊的地理位置，既是交通要塞，又山高皇帝远。于是盐贩在这里歇脚，不法分子在这里聚集，盗贼称霸乡里、呼啸山林。谈阳与武阳不远，刘基自然而然就知道此地的状况，一纸奏章直达天庭，于是就有了谈阳巡检司。

因为这个巡检司，谈阳就成了我的牵挂。文成作协举行"走遍文成——谈阳之行"活动，我兴致勃勃地加入活动队伍。一到谈阳，顾不得炎炎烈日，我就急匆匆来到这个传说中的巡检司旧址。但我要寻找的巡检司呢？从四处看，一块几千平方米的平整土地，被分割成大小不等的菜地，上面种满番薯、玉米、白豆，长势旺盛，丰收在望。田边是一片柳杉林，叶子在阳光下绿得发亮。四周长满野草，生意葱茏，在微风中随意摇摆。这哪里还有巡检司的痕迹？但，这里的确就是明朝巡检司的旧址，当地老人说得很坚决。他们还能告诉我们脚下就是练兵场，来的进口就是城门，而营房就建在对面的山坡上。就在新中国成立初期，老人们还亲眼看过遗留的城墙根，但现在城墙早已被扒光，墙石也不知去向，老人也只能用手比划着告诉我们城墙大致的位置。就在十几年前，当地百姓翻地时还会挖出残缺的瓦片，都有两三公分厚，但现在这些瓦片也不知扔到哪里了。就在前两年，还有人看到巡检司旗杆夹的石板，但石板呢？老人指点我们在乱草堆里翻找，却没有发现它的踪影。时间就像一把铲子，将历史的痕迹一点一点铲去；岁月就像一把剪刀，将人们的记忆一小段一小段裁掉。如果不是因为刘基，也许淡阳巡检司就像其他千百个巡检司一样，早已在人们的记忆中抹去，谁也记不起这里发生的故事。

但谈阳却实实在在与刘基的命运连在一起。洪武四年，刘基功成身退、告老还乡。我想，走在回家路上的刘基不会有太多的欣喜，他的一生，以天下苍生为己任，现在大明王朝百废待兴，正是实现他安邦济世抱负的好机会，但兔死狗烹，他突然发现朱元璋早已不需要自己，自己随时会成为皇帝砧上的鱼肉，于是只好告老还乡，回武阳颐养天年，但这实在不是刘基所愿。此时的刘基，也不会有太多的酸楚，年过花甲，历经风浪，早已悟透人生，看透官场险恶。据说刘基还乡后以一介平民自居，"还隐山中，惟饮酒弈棋，口不言功"，杜绝与地方官吏往来。也许没有谈阳风波，刘基真的会在武阳依山傍泉终老余生。但偏偏就有谈阳，偏偏让刘基知道有人在谈阳为非作歹，危及百姓安危，偏偏刘基马上想到了治理的办法。于是，刘基心急如焚，忘了官场的险恶，奋笔疾书，奏请设立谈阳巡检司。一次也就罢了，不久又上奏逃兵周友三反叛的事。终于被胡惟庸找到诬陷的理由，说谈阳是"九龟下垟，五马班朝"之地，说刘基想占地造墓，逼反了百姓。于是惹怒了皇帝，取消了刘基的俸禄。

可怜的刘基，只好终结"能诗能酒是神仙"的生活，赴京请罪，孤身居留京城。

　　暮色四合，小山村更加宁静且安详。我站在朋友的屋前，四周是一片绿油油的稻田，只有青蛙在呱呱地呼朋引伴。我又遥望巡检司旧址的那片土地，已是模糊一片。我想，也许刘基根本就没来过谈阳，谈阳在刘基心里，或许也是这样模糊一片，但他偏偏就和这块土地扯上了关系，改变最后的命运。也许，胡惟庸的诬告，朱元璋根本就不相信，要不怎么只夺俸禄不赐死？只是多疑的皇帝，实在不放心这个通天地人的刘基远离自己，顺水推舟将刘基困在京城。即使没有谈阳巡检司的事件，朱元璋仍有一千个理由让刘基进京请罪。刘基从投奔朱元璋的那天起，冥冥中已摆脱不了孤苦终年的命运。况且，刘基虽隐居山林，但骨子里注满为天下苍生谋福的责任，全身充满疾恶如仇的血性，听到伤民危国之事，刘基不会不说，刘基不能不奏。也许在写奏章之前，聪明的刘基已经预料到结果，至少他已嗅到几分危险，但刘基还是这样做了，没有理由，就因为他是刘基。

　　大浪淘沙，六百多年的时光将巡检司冲洗得只留下一个名字、一段故事，功过是非，留与后人评说。

　　　　　　　　　　　　　　（原载于《延河》下半月刊2018年第1期）

文成的七月半

郑文清

一

"鬼"，是多数人孩童时代心里抹不去的阴影，虽然谁也没有见过，不知道它的样子，也不知道它是什么，但在想象里，它却莫名的可怕，以至于许多人成年后，在某个夜深人静灯火无光的时候，这种想象还可能把自己吓出一身鸡皮疙瘩。而一年中"鬼"最多的日子，应该是七月半了，传说这天鬼门关大开，所有鬼魂都得以重回人间享受血食。无疑这天也成为一年中最为恐怖的日子，人们在将信将疑中，遵循着那些不知从何而来的禁忌，传说着各种奇怪、恐怖的故事。"鬼节"在传统日渐淡化的今天，似乎成了这天的唯一名称。

而在那些七月半还是重要节日的日子里，七月半是多面的。

在道家，它是中元节，是天、地、水三官大帝之一的地官降临人间，校戒罪福、为人赦罪、释放幽冥业满之灵的日子。

而于佛教，则有一个颇受传统社会喜爱的故事，据《佛说盂兰盆经》载：

> 大目犍连始得六通，欲度父母，报乳哺之恩。即以道眼观视世间。见其亡母，生饿鬼中，不见饮食，皮骨连立。目连悲哀，即以钵盛饭，往饷其母。母得钵饭，便以左手障钵，右手搏食，食未入口，化成火炭，遂不得食。目连大叫，悲号涕泣，

驰还白佛，具陈如此。

……

佛告目连："十方众僧，七月十五日，僧自恣时，当为七世父母及现在父母厄难中者，具饭、百味五果、汲灌盆器、香油锭烛、床敷卧具、尽世甘美以著盆中，供养十方大德众僧。当此之日，一切圣众，或在山间禅定、或得四道果、或在树下经行、或六通自在教化声闻缘觉、或十地菩萨大人，权现比丘，在大众中，皆同一心，受钵和罗饭，具清净戒，圣众之道，其德汪洋。其有供养此等自恣僧者，现世父母、六亲眷属，得出三涂之苦应时解脱，衣食自然；若七世父母生天，自在化生，入天华光。"

……

时，目连母即于是日，得脱一劫饿鬼之苦。

……

此故事与孝道契合得完美无缺，千百年来人们传诵不歇，不断地添枝加叶，盂兰盆会也随之盛行，民间因此也称七月半为盂兰盆节。

二

文成人大多并不在意七月半是中元节、盂兰盆节抑或是唬人的"鬼节"，在岁月流转物非人亦非的变化中，山里的人有着自己的传统，或严肃或随意。山里的七月半，一如既往。

请公，是山里人家不可缺少的环节。夕阳临山时，在中堂置一桌八仙桌，摆七碗菜，置酒、饭、筷子，给自己的祖先们享用。敲纸钱则是许多山里孩子不能忘却的记忆，拿一个木头制成铜钱模，在黄纸上敲出铜钱样的印子。在密密麻麻的印子里，是孩子们疑惑的眼睛，祖宗那么多，这只有八个位置，该如何坐？

山里的人实诚，给祖宗做的羹饭，是着实能吃的，待纸钱焚毕，祖先们走后，再添几样菜，家人们就围将上来，大快朵颐了。孩子们往往等不到祖先们离开，看到满桌的饭菜，又没有人吃，闹着要上桌，大人们也不拦着，孩子是有权与祖先同席而食而不被祖先怪罪的。

山里过七月半的日子，也有些随意，有人七月十三，有人七月十四，有人七月十五，不一而足，神仙、菩萨、传说仿佛与他们无关。在那些匮乏的日子里，或者大人们也忍不住提早过节，好早一些享受节日的快乐和美食。

三

而之于世族宗姓，则又有不同，七月半例判祠堂，前两三日就得准备，打扫祠堂，摆设祭台、神案，杀猪宰羊，陈列祭品，写祭文，号帛包，筹备酒席。当天，宗族里的老老少少聚集祠堂，祭祀先祖以及迎接一年内新亡的灵魂进祠堂。判祠堂一般为一天一夜。上午，请五六个道人打头通、敕坛洒净、呈文发牒、启圣接佛、召众先灵降座。鸣炮奏乐，礼生唱祭，族中子孙按辈分批叩拜，献酒献茶、献馔献果、诵读祭文。有些宗族还木偶艺人表演。下午，诵盂兰盆经，拜地藏忏，供午醮。入夜后，又打头通，迎新逝亡灵入祠，请天结界，放水灯，施放蒙山焰口，普施十类孤魂，散食，焚化祭文、束包纸锭，送佛。仪式颇为繁复。

更为紧要的是吃祠堂酒，这是宗族的大聚会，显示宗族的齐心和力量。在那些依靠宗族治理社会的年代，这样的仪式应是至关重要的，关系道统的承继和宗族权威。

四

山里的节日大多对应着一道美食，或许饥饿的印迹更胜于对文化的渴求，七月半是九层糕。它的制作方法颇为繁琐，先将糯米和粳米一起浸透，将大豆枝烧成灰，入水，滤出灰汤，与槐花米一起伴入米中，磨成浆状，取竹制笼屉置入锅中。笼屉上铺布，烧至水沸，将米浆以两三毫米为一层蒸熟，起锅即可食用。

然而，最可口的烹制方法是煎。将新制的九层糕切片，置入文火中慢煎至略焦，视之金光灿灿，闻之奇香四溢，食之外焦里嫩、香甜可口，可谓人间少有之美食。

吃，或许才是传统节日的真谛，飨祖、贻亲、娱己。

在这天，聚在某个黑暗的角落听鬼故事，或携情人看一场恐怖的电影，是年轻人应景的娱乐节目。

（原载于《延河》下半月刊2018年第1期）

等你长大

胡晓亚

乐乐的大名叫林深，因为叫惯了乳名，家里人老是"乐乐、乐乐"地叫着。十二岁那年，乐乐告诉妈妈："不能再叫我的乳名乐乐了，我长大了，要叫我老乐。"

老乐，妈妈只想告诉你：世上有一种爱与生俱来，有一种爱绝对经得起沧海桑田的考验，有一种爱真的不求任何回报——那便是母爱。妈妈在这里静静等待，等你长大。

头和帽子

乐乐已经能分清鼻子、眼睛、嘴巴、手和脚了。

冬天到了，妈妈给乐乐戴上一顶帽子。

"帽子。"妈妈指着乐乐头上的帽子说。

"帽，帽……"乐乐念念有词。

过了几天，乐乐去隔壁周华阿姨家玩。

"乐乐，你头上有什么？"周华阿姨问。

"帽，帽……"

周华阿姨把乐乐的帽子拿下来，指着乐乐的头问："乐乐，这是什么？"

"帽，帽……"

"不对，这是头。我手里的这个是帽。"

乐乐拍拍自己的脑袋说：“帽帽，帽帽。”

众人都哈哈大笑起来。乐乐愣愣地瞪着大眼睛看看这个人，又看看那个人。

那一年，乐乐两岁。

咬指甲

幼儿园的老师每天要检查孩子们的指甲，如果谁的指甲长了，老师就会拿指甲刀剪去。

有一段时间，妈妈发现乐乐的指甲没有长长。爸爸妈妈和老师都没有给乐乐剪指甲，指甲去哪里了？妈妈问了乐乐好几次：“你怎么都不长指甲呀？”乐乐只是笑笑，没回答。

一连两个月都是如此，妈妈觉得很奇怪，就带乐乐去看医生。

“医生，我的孩子怎么不长指甲呀。都两个月不长了，这是怎么回事呀？”妈妈问。

医生笑了，说：“哪有孩子不长指甲的？你这个母亲也真是的。”

医生蹲下身子，问乐乐：“孩子，你有没有咬指甲？指甲里有细菌，你咬指甲就把细菌吞到肚子里，到时候会肚子疼，很疼很疼的。你告诉叔叔，叔叔有办法治细菌。”

乐乐眨巴着大眼睛说：“有，老师要剪小朋友的指甲。我就每天晚上躲在被窝里把指甲咬下来，这样老师就不给我剪指甲了。”

医生说：“以后不能咬指甲了，不然，我会给你打针的。”

乐乐点点头。

从那以后，乐乐再也不咬指甲了。

那一年，乐乐四岁。

"猴子观海"

乐乐的爸爸叫观海，因为工作忙，待在家里的时间不多。乐乐很珍惜和爸爸在一起的机会。他很崇拜爸爸，要是有谁不会做什么事儿，他会说："我爸爸会的。"一次，隔壁巧清阿姨家的门打不开了。乐乐知道了，马上跑过去说："等我爸爸回来了，他会有办法的。"在他眼里，爸爸是神通广大、无所不能的。

乐乐的表姐豆豆（姑妈的女儿）上小学二年级了。一天，豆豆放学回家，一进家门就喊："乐乐，乐乐，你爸爸是猴子。"

乐乐听到表姐的叫喊声，一颠一颠地从里屋跑出来，着急地问："什么？你说什么？"

"你看。"豆豆打开语文书，指着《黄山奇石》里的一段话读了起来，"在一座陡峭的山峰上，有一只猴子，它两只胳膊抱着腿，一动不动地蹲在山头，望着翻滚的云海，这就是有趣的'猴子观海'。"

"哈哈，乐乐的爸爸是猴子。哈哈哈……"豆豆笑得直不起腰。

乐乐似懂非懂地听着，腮帮鼓鼓的，可以看出来，他心里很不服气。

忽然，乐乐眼睛一亮，着急地说："如果我爸爸是猴子，你妈妈是我爸爸的姐姐，猴子的姐姐也是猴子。你是你妈妈的女儿，猴子的女儿也是猴子。哈哈哈，你也是猴子。你妈妈的妈妈也是猴子，你妈妈的爸爸也是猴子……"

正说得高兴，乐乐猛然发觉自己说错话了，急忙改口："你妈妈的妈妈是我奶奶，不行，我奶奶不能是猴子，你妈妈的爸爸是我爷爷，我爷爷也不能是猴子。"

"你赖皮！"豆豆气得大叫起来。

"我爸爸会开车，会修遥控器，会种菜，还会做很多很多事。猴子却不会呀，可书上为什么说我爸爸是猴子呢？"乐乐神情沮丧，低下了脑袋，嗫嚅着。

"为什么不说是'猴子李标'（李标是豆豆的爸爸）呢？为什么不说是'猴子观慧'（观慧是乐乐的叔叔）呢？"乐乐想了老半天，还是想不通。

那一年，乐乐五岁。

"当省长"

一日，乐乐从幼儿园回来，嘟着嘴说："妈妈，老师老是叫陈思露帮忙挂手帕、拿玩具，就是不叫我帮忙，就因为陈思露是班长。班长有什么了不起，我还不愿意当呢！"

"那你想当什么呀？"妈妈问。

乐乐挠了挠头发，想了老半天才说："我也不知道。那你说，我该当什么呀？"

"卫生委员？"

"管扫地的，不要。"

"幼儿园老师？"

"不要，当老师会偏心的。"

"幼儿园园长？"

"不要，我们那里的园长很凶的。"

"真烦，这也不要那也不要，去当省长吧，当省长就能让妈妈省省心了！"

"省长？省长管什么的？"

"管人。"

"管哪些人？"

"管省里的人。"

"什么是省里？"

"就是整个浙江省呀，总之是很大范围里的人。跟你讲不清楚。"

"浙江省有多大？比文成还大吗？当省长能管文成吗？"

"文成是浙江省的一个县城，温州是浙江省的一个城市，那当然比文成大多了。"

"好呀，那我就当省长算了，可以管管钟老师，她就不会老是叫陈思露去帮忙了，也会叫我去帮忙的。"乐乐高兴得手舞足蹈。

爸爸下班回来了，乐乐一下子蹦出去，说："爸爸，妈妈让我当省长了！"

爸爸被弄得一头雾水，了解了原委后，笑着说："那我可是省长的爸爸了，可得好好管管你了！"

"当省长还要爸爸管？妈妈不是说省长能管省里所有的人吗？应该是我管你的呀！"乐乐茫然不解地问。

那一年，乐乐五岁。

"死亡"

星期日，一家人去爬山。半路上，乐乐看见了一个坟墓。

"那是什么呀？怎么像房子呀？"乐乐问。

"那是坟墓。"爸爸说。

"坟墓有什么用？"

"人死了，烧了，葬在里面。"

"把人烧了，那会烧熟了呀。"乐乐眨巴着大眼睛。

"最后会烧成灰的。"爸爸很无奈。

"人好好的怎么会死呢？"乐乐又问。

"人老了就会死的。"

"那奶奶老了怎么还不死呀？"

爸爸突然发现自己误导了，急忙说："人的死亡原因有很多种，比如病死、意外死亡、自然死亡……"

"什么是意外死亡？什么是自然死亡？"乐乐还是要刨根问底。

"比如说，不小心掉在水里淹死，从楼上掉下来摔死，就是意外死亡。人的年纪大了，各种器官的功能都衰竭了死了，就是自然死亡。"

"那老虎是怎么死的？青蛙是怎么死的？猴子又是怎么死的？……"没想到乐乐一问起来就没个完。

那一年，乐乐五岁。

等待一块钱

一个周二的下午，乐乐从学校回来，高兴地说："老妈，我有一块钱，是钧剑哥哥给的。"

"钧剑哥哥怎么会给你钱呀？"妈妈问。

"今天下午第一节下课时，我在教室门口玩，钧剑哥哥过来了。他说，他们班级下节课在操场上上体育课，路过这里，然后给了我一块钱。他叫我每个星期二下午的第一节下课后，都在这里等他，他都会给我一块钱。"乐乐摊开手，把玩着那一块钱，一脸的灿烂。

"这样呀。那这钱你打算怎么用？"妈妈问。

"我先存着，以后再说。"乐乐调皮地挤挤眼。

后来，每周二下午回家的时候，乐乐的手上都有一块钱。他总是很开心地告诉妈妈，是钧剑哥哥给的。

又一个周二下午，乐乐回家的时候，一脸的不高兴。妈妈问："儿子，怎么了？"

"今天下午，钧剑哥哥没有来找我，也没有给我一块钱。"乐乐嘟着嘴。

"这样呀，对了，今天下午不是下雨了吗？钧剑哥哥的班级不上体育课，所以他没经过你的教室门口。"妈妈笑着说。

"每周二下午第一节下课后，你都在教室门口等钧剑哥哥的？"妈妈问。

"是的，等待一块钱，等他对我笑一笑。"乐乐说。

那天晚上，妈妈背着乐乐给钧剑的妈妈打了一个电话，叫她跟钧剑说，每周二下午经过乐乐的教室门口时，不要再给乐乐一块钱了，只要对他笑一笑就够了。

临睡前，妈妈坐在儿子房间的沙发上说："乐乐，你要知道，世界上有些东西可以等，有些东西不能等。钧剑哥哥没有每个星期给你一块钱的义务。你拿了他一两块钱，妈妈不反对。可你拿他的钱一旦成了习惯，这就不好了。以后，每周二下午第一节下课后，你可以在教室门口等钧剑哥哥对你笑一笑，但不能拿他的钱了，好吗？"

乐乐，妈妈不知道该怎么跟你解释，妈妈只是想让你明白，这世上有些东西可以等待，有些东西不能等待。比如这一块钱，你不能等待。

那一年，乐乐七岁。

"去南美洲当野兔"

老乐很喜欢兔子。每当有人给我们家送兔子，他坚决不让杀，而是养在楼顶的阳台上。每天放学回家，他总要去阳台看看兔子。至今，阳台上已有两只兔子了。

晚上，老乐又去阳台给兔子喂食。下楼后，老乐说："老妈，当兔子真好，可以想睡就睡，不用写作业，不用担心上课迟到，不用闹钟吵醒自己，双休日也不用去上补习班。我想当一只兔子。"

妈妈一愣，笑了，说："儿子，兔子长大了，会被主人杀了。这不好，还是做人好一些。"

"那我就不当家兔，我去当野兔。"老乐仰起脸，一本正经地说。

"这样呀，当野兔也有危险的。人们会在山上放置野猪夹，野兔蹦蹦跳跳，一下子就跳进了野猪夹，还是被人类捉住了。"妈妈想了想，点了一下儿子的脸，笑着说。

"那我就去南美洲当野兔。"

"为什么要去南美洲呀？"

"居住在南美洲的人是不会捕杀野兽的。那里的大象、豹呀野生动物都能自由自在地生活，不必担心会被人类捕杀。"

"是吗？这些知识你怎么知道的？"

"书上说的。还有生活在俄罗斯和非洲的野兔也很幸福，那里的人们也很爱护野生动物。"

"儿子，你现在生活在中国，你要是成了一只野兔，你怎么才能到达南美洲、俄罗斯或非洲呀？"

老乐一下子严肃起来，说："是的，老妈。如果我变成一只野兔，也只能生活在中国。即使我有翅膀，也会被人类射杀的。那我还是当人算了。"

那一年，老乐十二岁。

"你喝过鸡奶了"

一天中午，老乐一回到家就咯咯咯咯地笑个不停。妈妈也感受到了他的快乐。

"啥事这么好笑？"妈妈问。

"今天下午，我们的科学试卷发下来了。有一道题是这样的：最近，禽流感肆虐，请问，鸡属于鸟类、哺乳类、两栖类还是爬行类动物？有好几位同学都选了鸡是哺乳类动物。老师说，鸡是鸟类。一位女同学问，鸡怎么不是哺乳类而是鸟类动物呢？这时，我后座的男生站了起来，说，你说鸡是哺乳类动物，你喝过鸡奶了？全班同学哄堂大笑。那位女同学羞得将头埋到桌子上哭了起来。"老乐放下书包，来到妈妈身边。

妈妈也笑了。

"你后座的男生是阿朱吗？他说话很直白。"妈妈一边盛饭，一边说，"过来吃饭，儿子。"

老乐歪着脑袋，眼睛直直地盯着妈妈说："我不告诉你他们是谁。其实，这位男生是用排除法在做题。你瞧，鸡不是两栖类，不是爬行类，没有鸡奶，那它就是鸟类了。做选择题时，我也经常使用这种方法。"

妈妈停下筷子，认真地看着儿子的脸说："儿子，我认为这位男生的想法是好的，但在方法上还有所欠缺。他的表述太直接了，以致别人接受不了。我想，如果换一种说法，比如，像你所说的，鸡的幼体不是生活在水中，所以鸡不是两栖类动物；爬行类动物是腹部着地的，所以鸡不是爬行类动物；鸡不会哺乳，所以鸡属于鸟类而不是哺乳类。用这样的语气把答案告诉别人，对方肯定很乐意接受。"

老乐看了看妈妈，点点头说："是的，老妈。"

"儿子，与别人对话，想要别人同意你的观点，一定要注意语气，还要顾全别人的面子。"妈妈拍拍儿子的肩膀说，"我们是好朋友，无论遇到什么事，都要沟通，共同进步，好吗？"

"好。"

两只手握在了一起。

这一年，老乐十三岁。

（原载于《延河》下半月刊2018年第1期）

百丈漈

徐世槐

号称"天下第一瀑"的百丈漈，于今年5月1日重出江湖，亮相世间，这是驴友的盛大节日！

盼星星，盼月亮，半个世纪后的今天，人们梦寐以求的雷鸣遐迩、银河倒泻、飞珠喷玉、浮烟现虹的情景再现，验证民国古典收藏家丁辅之《百丈漈观瀑》的诗句："天台雁荡来，我性喜观瀑。对此百丈漈，余子皆碌碌。"

"余子皆碌碌"，是也。不管是李白夸张过的庐山瀑布，还是徐霞客修饰过的大龙湫，较之文成百丈漈，均有"小巫"之感，远远及不上"大明第一谋臣"刘基的"悬崖峭壁使人惊，万斛长空抛水晶。六月不辞飞霜冷，三冬更有怒雷鸣"的百丈漈的大气磅礴。

1999年8月，浙江省作协副主席、《江南》副总编谢鲁渤先生亲临文成百丈漈之夏笔会，给我们送上津津有味的创作大餐，遗憾的是没有饱享"天下奇观"的盛宴。他回杭写了篇《水的祭典》。散文写道："因为水而有了篁庄，也因为水，失去了篁庄。篁庄应是百丈漈的人气不堪说了。"

"祭典"两字，搅起我心底的波澜。篁庄村，原在峃底西南。老篁庄刘体龙说："上世纪50年代，七个自然村六百多户，一千五百七十亩良田，茂林修竹，牛羊成群。古迹多多，有普济桥、周济桥、脱珥桥等五座，有万云庵、马氏天仙庙、尼姑堂、宝灵堂、孔夫子庙等十多座寺庙，有刘、吴、王、张四族的宗祠十座，有筻庄水口、吴定桥头、上垟、呑底等水碓……"

沧海桑田。1958年5月，动工兴建温州第一座水电站。1960年6月，村民恋恋不舍地离开生息千百年的家园，迁居西山背、南田等地，含着泪眼注视曾经筚路蓝缕创造的丰赡物质与深厚文化淹没于水底……

因为筻庄水抱门流，所以有了如今的碧波千顷、游艇如梭、页锦鳞追逐、白鹭翔集、美不胜收的天顶湖。

筻庄人民这种牺牲小我顾全大局的情怀，是多么高尚啊！

2004年1月，国务院批准百丈漈为国家级风景名胜区。在人民政府的支持外，群众纷纷捐资建设景区，造石路、建亭榭、添游船。

因为建电站截流，半个世纪来，大哥一漈谦和地淡出，将热闹让位给"从此安澜亿万年"的天顶湖妹妹。他仅仅偶尔出场招待贵宾，只能表演"疑是银河落九天"的气势，但并不感到冷漠，因为他清楚，只有这样低调，才能赢得万家灯火的璀璨。

一漈，仍然保持俊俏、伟岸的形象。2001年9月1日，由中国电视吉尼斯总部和文成县风景旅游局联合举办百丈漈攀岩比赛，有五名国内一流的选手参加，河南的张彪摘得桂冠，成绩是一百一十五米，但尚未征服这二百零七米的全国最高漈头。百丈一漈这位汉子，不但挑战中国的，还将挑战全球的攀岩高手。

试问，你站在这位谦卑而又有不屈头颅的英雄面前，有没有那"拔山兮气盖世"的气势？

水，是百丈漈的精魂。近四五年，县委领导带动全县人民发展生态旅游，百丈漈的水既发电又发展旅游。

"人民需要，今天我来了！"退隐五十余年的百丈漈之瀑向世人庄严宣布。

驴友争相赋诗、书联、作画，表达自己的感情。词人、县人大主任徐世征的《风入松·观百丈飞瀑》赞曰：

　　暮春观瀑趁新晴，未近已心惊。啸天撼地出天际，势千钧、飞泻雷鸣。临锐万松斜倚，涉成千仞崩倾。

　　莹珠银露多情，飘洒过石亭。飞虹七色镶青翠，壁生辉、如缎如绮。壮丽他山不再，清凉秀水还生。

高而大者的百丈漈啊，似乎又这样豪壮地，跟徐霞客惊叹的"阔而大者"的贵州黄果树瀑布叫板！

百丈漈从"唱主角—跑龙套—唱主角"身份的变化，文成山水瞬间有了锐气。5月15日，县政协诗书画院的二十余位同仁前往百丈漈采风，我捡回一副"天下第一瀑"的标本，一个"天下奇观"的肖像，真幸运！

百丈漈，水的世界。篁庄啊，你这位圣母，演绎"蛟绡千尺"的一漈，飞霜泻雪的二漈，倒珠生云的三漈，平湖万顷的天顶湖，惊心动魄。你有这种人气吗？何谓人气？人的精神。不管路途坎坷，流水仍是勇往直前，遇到悬崖，为了正义粉身碎骨，飞银溅珠，生烟成云，挂虹搭彩，一饱世人眼福，为观者所传诵耳。

百丈漈的重出江湖，带给我们的不仅仅是一道众人皆享的旅游饕餮，更是一种理念、一种精神、一种启示、一种对人生的反省。

（原载于《散文百家》2015年第9期）

一个人的旅行，一本书的风景

富晓春

一

收到周实先生的书，是在午睡后初醒的时候。阳台上的几株一串红正开得迅猛、鲜艳。我拆开快递包装，《我的心思》一下子吸引住我。小精装，纸质手感极好，乳白色的封面没有任何装饰，干净利落。在这个自媒体流行的年代，读书也要讲缘分，有时随手一放便成了书架上的藏书，有缘无分。见到这本书，我怎么也放不下，丢下手头的事，一口气读完了它。

虽未见周实先生真人，却似久别的故人，颇有些投机。之前，我在报刊上读过他的文章，以为是个老先生，没想到他算不上老，他只是写《老先生》的人。这本书的扉页，有一张他的黑白照片，眉宇间洋溢着一种智慧的力量，镜片后面透着思虑的浅笑，有点不怀好意。

正是夏日最热的时候，像火球一样燃烧的太阳烙在空调房窗外碧蓝而清澈的天空上。我斜躺在书房的椅子上捧读这本书，一双光脚丫肆无忌惮地横放在茶几上，心里静静地淌过一股涓涓清流。周先生在这本书的扉页上用毛笔题赠"晓春兄一笑"，可我却难得一笑，越读心情越沉重。手边随意丢弃的一支红笔，在书上画出了一道道粗重的红杠杠。

读书是一个人待在家的旅行，每读一本书，都是在经历一次心灵的出游。每一本书都是风景，而且是旅途中最美的风景。我喜欢读书，喜欢在书里旅行，喜欢行走在我自己的风景里。

这是一本随便翻不了的书，它必须慢慢地品，如清冽的茶、浓烈的酒。打开书，似有所获；合上书，又似无所获。每个人都能读，但不一定都能读懂，包括作者自己。作者用最浅显的语言，讲出了最深奥的思想。他将隐藏内心深处的心思，美好的、丑陋的、琐碎的，毫无保留地展现于你。用他的写作、你的阅读，窥视人类的心思。你的心思，我的心思，他的心思，全人类的心思。那些道理，那些思想，之前有人说过；先哲说过，智者说过，你我也说过。从此以后，别再说了，似乎全在这本书里了。这是一部个人或具有时代特征的心灵史。

作者写这本书时，笔触如河流奔腾、一泻千里。他说，有那么几个月，他像是得了病、发了疯，胡言乱语在他的脑子里窜动，似乎要撞破他的颅壁。他每天写一段或几段，做不了其他任何事，因为他的心思总在那里。我最佩服的是他用一种人们司空见惯的琐事，写出人生的感悟、人生的大道理。这很难，也不简单。他说，大道理就在日常的小事中。我不讲故事，只写瞬间的感受。

他从小写到大，从生写到死，从现在写到未来，写了两百个章节。没有过程，没有主旨，没有顺序，像是一个无意识的人在梦呓。"用我选择的语言表达我的活的感受"，"用我组织的词句显示我的独立存在"。非警句，非心灵鸡汤，但字字珠玑，让你心灵震颤，让你哑口无言。某些文字有点绕，那是故意而为的，能从浅显的文字中绕出门道来，这需要文字与阅历双重的功力。

有几个章节有点悲观，但我特喜欢。年轻时读《少年维特之烦恼》，好心的邻家大妈偷偷将我读的书藏匿起来。悲观情绪是某些人与生俱来的特质，很美。美国畅销书作家丽莎·克莱帕丝说过："我喜欢悲观的人，他们时常为你备好船上的救生衣。"在她看来，悲观是一种向上力。

二

每次出差，我都习惯带上一本书在旅途中阅读。我正在考虑带什么书，刚好李天扬的新著《河畔杂写》到了。从气喘吁吁、汗涔涔上楼的快递小哥手中拿到书，我对这本远道而来传递友情的书赞叹不已，毫不犹豫地将它塞进了身边的拉杆箱。

在异地他乡的几天，台面上的光鲜与喧嚣，似乎与我无关。酒店自助餐厅小桌旁，隔壁背景音乐陪衬下的咖啡厅雅座，卧室床头落地台灯柔和的灯光下，我随时随地都在享受我的阅读。旅途的阅读，用零零碎碎的时光拼凑、剪辑而成，伴我读完了这本书。

这是一本小精装的"掌上书"。三百零五页的厚度，捧在手心，感觉却很轻巧，特别适合旅途中阅读。泛黄稍有糙感的纸，搭上素雅的装帧，配以点题的字画、印章，恰到好处，而又不失人文味道。轻轻翻开书页，一股来自清晨阳光普照下森林河畔的清香气息扑面而来……

书的内容有点庞杂，长短不一，分为"访人""论事""讽世""说书"，共计五十余篇，难怪作者在跋中自谦为"杂乱的长短文"。作者天扬兄是媒体人，在报社负责评论工作，他"对前辈文人的行止颇感兴趣"，算是从"文化堆"里出来的人，偶尔兴致所致，还能画上几笔，因而他书里的篇章洋溢着浓郁的人文气息，又不乏社会担当。

他在一篇《应该读读张中行》的文中，谈到著文格调之高下，认为标准有三：一是文字，二是识见，三是情趣。天扬兄的文字、识见、情趣，均属上乘。我想，他写的这本书，正是朝着这个方向去的。

有了这本书的陪伴，我的旅途再不寂寞。

书中写到了众多人物，有我敬仰的"学问之根在上海"的国学大家饶宗颐；有躲在"谂楼"做学问剃头才下楼的散文大家钟叔河；有喜欢请客吃饭，被人称作忙人好人妙人的大画家谢春彦；有字正腔圆画作拍出天价的崔如琢；有笑得灿若春天的考古学家樊锦诗等。平日仰视的名家大腕，这几天都从书页中走下来。他们就像久违的老朋友，簇拥着我，谦让着我，于左右陪伴着我。

我看到了沿途的风景，风景里有他们生活中的点点滴滴，还有他们精湛的艺术造诣背后精彩的片段或场景……

在这里，我还见到了两位熟悉的已故去的师友：著名老报人张林岚先生与赵超老的小女儿刘芭姐。他们远行，走了，我以为再也不能相见，再不能与他们一起讨论赵超老，一起笑话老人家日常生活中的某些笨拙与窘相了。感谢天扬兄营造了这么一个绝好的机缘，让我们在书里又见了面，又有了一次真诚的心灵对话。

我在报上读过江砚的短评，三言两语，针砭时弊，但我一直不知江砚就是天扬兄的笔名。我们的结识，完全是因为刘芭姐的缘故。

他与我一样仰慕赵超老。"坐在刘芭老师的客厅里，想着这是偶像赵超构先生生活过的地方，觉得好神奇。"这是他书中的一段话，写出了我的感受。我们都有收藏癖，刘芭姐知道了，特地赠予我俩有关赵超老的旧物。我拿到的是几本留有赵超老墨迹的藏书，天扬兄拿到的是一张赵超老的签名纸及林放藏书票。

正是这种际遇，让我有幸读到了这本书。

一个人的旅途，总不免显得孤单或无趣。旅行中捎上一本书，意义就大不一样了：书中的人、书中的事，会从书页中走下来，与你相伴。有书的日子，就这么不可思议，就这么神奇！捎上一本书吧，"书中自有颜如玉"，书中自有一番美好的时光与风景……

（原载于《南方都市报》2018年7月25日）

藏在古树群里的村庄

富健旺

> 每一棵树都有自己的年轮，每一个村庄都有自己的历史。
>
> ——题记

经常在无声的夜里，听到山坑溪流的声响。那是遥远处捎来山村的消息，和着梦发酵，把思念酿成酒，醉饮，入睡。对于山村情结的执着，缘于黄土地上孕育的基因，与那山坡上的树一起成长，只是一个离开了，在县城里谋生，一个驻守着，荫了半片村庄。因而，当县志主编朱礼老师告诉我，要去一个叫朱川的山村走走时，我欣然，随行。

一、古树沧桑荫"水口"

沿文泰公路，过珊溪，约十余里，便见路边醒目的浙江省古树群保护碑。碑旁参天古树簇拥着，几幢民居或现或隐，别致异常。车上早有人嚷嚷，那就是朱川了。

其实，关于朱川，一路上已略有耳闻。朱礼老师说，朱川的"水口"风景是文成最好看的两个之一。至于何为"水口"，粗浅且不好学的我选择了默言，而直至我下车奔入村中，见眼前景物，才恍然有似是而非的了解。

那古树簇立着，有红枫，有红豆杉，有毛栗等，皆老树虬枝，耸立入云，俨然所谓的"风水树"了。树荫下，乍现小桥流水，虽不激烈，却也清澈见底，悠悠声去，漫漫音来，和着风动、水动、叶动、云动，心也一并动了。

那一瞬间，"水口"化作一口古老的钟，在我心跳地敲击下，诉说着曾经发生的一切。那是明朝嘉靖二年（1523年），一户朱姓人家率子孙从黄坦稽垟迁此定居，具体原因或可猜测，或从族谱查证，只是，从来到这开始，便不重要了。当第一缕炊烟升起，在这户朱姓人家的心里，他们所有的希望与幸福，包括粮食丰收、子孙繁衍、光宗耀祖等，都在这里落了根，并随之蔓延。而为了留住这一切，他们在村庄的出口或者说入口，种下了这些寓意着吉祥的树木，世世代代守护它们成长，并因这些树木的成长，守护着他们世世代代的希望与幸福。

是的，"水口"就是这样的"希望之钟""幸福之钟"。风从这里吹过，水从这里流过，"水口"罩住了希望与幸福，同时也把邪恶与灾难阻挡在外。许多美好虽然源于内心，但通过实物的寄托，往往变得更加坚强、久远。我们内心的脆弱，有着那参天古树的支撑，也便踏实难以塌陷了，或者说，便是心中长出一棵大树来。

村民是热情的，见着我们，几个或倚或坐桥栏晒太阳的老人纷纷围了过来，招呼着我们。

我说："这些树真大、真高、真多、真好！"老人笑了，那幸福绽放，比称赞他本人更幸福。老人纷纷说起这些树的好，譬如，在这些树里，有全县最大最高的红枫；有全县最大、最珍贵的红豆杉，在夏天太阳下还会喷出水雾来呢。

对这些树的赞美，其实在路上，我就听老家在该村的朱克渡说过。只是相对而言，那从心里绽放出来的虔诚，却又是另一番言语了。

在老人的言语中，那些树真大、真高、真多、真好！

二、五世同堂"百岁坊"

这是一个有故事的村庄。车上的听闻，还是有狐疑的，而见了"水口"，我便信服了。

是的，老人的话题果然从那些古树说到了那个古人。那是一个相当古老的老人，为当地先祖朱仁忠孺人邹氏。她生于清乾隆二十七年（1763年），卒于同治九年（1870年），足足活了一百零七岁。而她的丈夫朱仁忠，亦活了九十九岁。在那个普遍"七十古来稀"的年代，无疑已是生命的奇迹。更难能可贵的是，这对夫妻还繁衍了一个"五世同堂"的大家庭。甚至在他们的有生之年，子孙无分家之念而承欢膝下，无死亡之伤而其乐融融。在民间，这样的家庭谓之"五代荣"。

按照当时社会的规定，凡能活一百岁，皇上均下旨树立牌坊予以纪念。这种牌坊叫"百岁坊"。

在那个时代，一个人或家庭若是被立了牌坊，便是莫大的荣耀。不仅是自身，更是一个家族、一个村庄乃至乡里的荣耀。可以想象，当朝廷颁发圣谕给这位百岁的老人立牌坊时，乡亲敲锣打鼓的热闹及砌石挖土的热火。当世人敬仰的"百岁坊"终于在村口立起时，这个村庄便被烙上某种深刻的印记，如同一面不朽的旗帜，在村民的精神世界中烈烈飞扬。这种普世的最核心的价值就是孝。

百年来，我们不知道这种价值给这个村庄带来怎样的精神洗礼。或许，相对于那些"水口"上护佑安康的"风水树"，牌坊更像是威严的"传道者"，以不可置疑的语气，指引或规范着村民的行为。一代，接着一代。

然而，这座建于清同治二年（1863年）的牌坊终于还是倒了，应该在"文化大革命"期间。数十年过去了，当村里的老人指着路边青草上的一堆石条告诉我们，那便是当年拆倒做他用，现在重新挖出的牌坊石。

我默然无语，愣愣地听着他们试图重建，仰天望去，青空万里，流云几缕，若有似无。恍惚间，那百年来起起伏伏的历史，似乎也隐于其间，难能捉摸。

白云苍狗，百年瞬息。其实，牌坊的立与倒，都已不再重要。重要的是，孝的基因依旧传承。那些被赋予向善的心灵，始终不为历史风云所变，即使因种种动荡有所波折，甚至蒙尘，但终究会归于本源。

"水口"下的朱氏祠堂，我们逛了逛，最分明的特征，便是墙上彩绘着二十四孝图。一个个故事，讲述着一个个传说，有平实，有荒诞，但都指向内心的同一个方向：孝。

后来，在村民的指引下，我们还参观了老人身前的"老家"及身后的"旧冢"。而我似乎是不经意的，即是在老人的坟前，依旧习惯地漠然。

山风起处，荒草有语。那是坟前发褐的青石，固执着孝的传统，孤独地对抗着喧嚣繁华世间。

三、老屋破落遗"故事"

站在"水口"，眼前豁然一片村落模样。大致是一些砖瓦洋房，见证着乡村改革开放以来的发展。然而，在热心村民的指引下，从"水口"绕进，才知道朱村还是别有洞天的。

沿着小溪左撇右撇，再拐一个弯，两面便立着一间间老屋，在山间顺势而上。那房子自有特色，靠着山脊，围成三面，成一个"凹"字形。之于我粗陋的印象，老屋大多是四面团团的，有着保守的意味。但这里的开放，让我心生感慨：那时的民风定是淳朴热情，即便是大户人家，也对着门前的道路敞开着，有坦荡荡的爽朗。

村民把我们引到一间老屋前，以直白的热情讲述着老屋昔日的辉煌。我翘首四顾，一块精致的老匾吸引了我的目光。它高挂中堂，上书"宏麓"

两字，巴掌大小，温雅秀气，有着俊逸的神情，而老匾左右却竖书着几行楷书，由于年代久远，脱漆蒙尘较重，兼之字体较小，着实是难以辨认了。

这样的一块匾，让我的心"突"的一惊。在我既有的概念中，在这样的山疙瘩里，即使有匾额，那也应该是庄重肃穆的。大致是四个大字一行排开，有着稳稳当当的规矩。而这样突然的雅致，却难免让我对这里的一切狐疑起来。我甚至产生这样一种错觉：在百年前的老屋里，有一位书生俯身案前，青衫磊落，妙笔丹青。而画中美丽的女子与山间的白狐幻影重重，衣袂翩翩，或歌若清泉，或舞如山风，最终，迷离成唐诗宋词般的印痕，融入绵缠的文学溪流之中。

"这里本来还有一块匾的，是孙怡让题的，后来让人偷走了。"身边一个老人的遗憾惊醒了我，我忽然若有所悟：孙怡让，那可是一代大儒啊。这样僻远的一个小山村，这样一个很有学问的人，哪怕是举手之劳的提笔，也应该是有共同审美的。

的确，老屋里蕴藏着的文化，出乎我的意料。原本那些粗陋的判断，我是该羞愧的。

就这样，跟随着村民的脚步继续走马观花之际，在另一间老屋里，一个秤锤状的大石又引起了我们的兴趣。

"那是以前人练武用的，叫千斤石。"村民的解释让我们颇感兴趣，几个自认有手劲的更是跃跃欲试。结果，除了研究刘基的雷克丑铆足劲能拎起离地，博得满堂彩，其余几个却是难撼半分。

看着他们表演，我不敢一试。我还知道，曾经在这个村庄里，那些老屋里的人们，不仅能文，而且善武。穿越时空，就在这老屋里，你经常会在清晨或傍晚听到一声大喝，循声看去，一个赤膊的汉子弯腰抢起一块大石，大石翻飞，在他手上成了玩具。而手臂上鼓起的肌肉，在额头汗水的浇灌下，凸显出一个经络错横的刺青：武。

是的，每一间老屋都有自己的故事，都在诉说自己的故事。我们走着、看着、听着。绕了一个大圈，朱礼老师说："我数了数，这样的老屋，村子里一共有二十余间。"

我感慨，但更多的是遗憾。对于我这样一个陌生人来说，老屋的故事是新鲜的，但老屋的确是衰败了。不少老屋，已少有村民居住，某些角落已显现出将要倒塌的迹象，且有无人维修的意思。一同陪伴我们前行的，那个年轻、富有想法的大学生村长告诉我们，村里很想把这些老屋保存下来，但苦于没有资金。如果再不保护的话，再过几年，这些老屋可能就真的不存在了。

我听着，偶尔回应。言语是热烈的，心却在下沉。

（原载于《青年文学》2011年第22期）

《题〈太公钓渭图〉》赏析

雷克丑

题《太公钓渭图》

【明】刘基

璇室群酣夜，璜溪独钓时。

浮云看富贵，流水澹须眉。

偶应非熊兆，尊为帝者师。

轩裳如固有，千载起人思。

刘基诗文可以分为两种截然不同的风格：一是元末以诗文明志的筹策龃龉、哀时愤世作品，常常是魁垒顿挫，令人债张兴起、不能自已；二是入明后的平正作品，其感染力远不及入明之前的作品。五言律诗《题〈太公钓渭图〉》，就其内容和风格而言，均属于元末的以诗文明志作品。此诗是作者在鉴赏《太公钓渭图》时，触画生情而作，即通过反思姜太公在璜溪独钓以及姜太公与周文王的君臣际遇，抒发了自己怀命世之才而不遇的忧思，同时作者又以姜太公自喻，把自己的"草野自屏"生活看作姜太公等待明君周文王出现一样。

姜太公，即吕望，字子牙，东海上（今安徽临泉县姜寨镇）人，曾怀才不遇，年过六十，已是满头白发，却仍在寻找施展才能与抱负的机会。最终，在璜溪垂钓时巧遇明君周文王，辅佐周室修德振武，结果帮助周武王剿灭残暴的商纣王，实现了自己的抱负。而刘基在元至正二十年投奔朱元璋前，也拥有"负命世之才"的远大志向，却落个"草野自屏"的境况，这与姜太公的"璜溪垂钓"颇为相似。

第一句"璇室群酣夜"，看似在写纣王和妲己在鹿台好酒淫乐的"酒池肉林"场面，而实质却是淋漓尽致地鞭策元顺帝与亲信大臣等在宫中的"相与亵狎""丑声秽行"。商纣王，即帝纣，好酒淫乐、性情残忍，沉迷于妲己的美色，夜夜欢娱，荒理朝政。"酒池肉林"便是商纣王"经典"的淫乐欢娱，在摘星楼前设宴，令男女裸体追逐戏谑，同时在鹿台下挖两个坑穴，一个引酒为池，一个悬肉为林，令各嫔妃裸戏于酒池肉林，互相打闹。元顺帝，元朝末代皇帝，是一位唯淫是乐的皇帝。据《元史·列传·第九十二》载，元顺帝"选采女为十六天魔舞。八郎者，帝诸弟，与其所谓倚纳者，皆在帝前相与亵狎，甚至男女裸处，号所处室曰'皆即兀该'，华言事事无碍也。君臣宣淫，而群僧出入禁中，无所禁止"。显然，在已经"草野自屏"的作者眼里，商纣王的鹿台"酒池肉林"与元顺帝的"相与亵狎"是无异的。同时，作者也因此巧妙地引出姜太公"璜溪独钓"。

第二句"璜溪独钓时"，是写姜太公自入商朝择主不遇后，在璜溪垂钓的寒微生活。其实，姜太公是醉翁之意不在酒，真实目的是动心忍性、观察风云，等待让自己实现远大抱负的明君出现。而作者在写此诗时，也正是满怀"命世"之志入元王朝为官，结果是一而再、再而三地受到打击。于是弃官归里，过上"草野自屏"的生活，意在与元王朝决裂。基于此，作者自然会由画联想到自己目前的处境与姜太公垂钓时的境遇是如出一辙，于是用两句来描写姜太公垂钓生活的心境。

"浮云看富贵"，意思是把金钱、地位等看得很淡薄；"流水澹须眉"，意思是做人要拥有像君子淡如水一样的情怀。这正是姜太公在璜溪垂钓时的真实心境。其时，作者的真实意图是向世人表白：自己过"草野自屏"生活的心态就是姜太公在璜溪垂钓的那种淡如水的心境。在中国历史上，一个怀济世之才的人，同时兼有淡如水的君子情怀，往往都是一位建大功立大业之人。毋庸置疑，姜太公的情怀已经是作者认同的情怀，于是更进一步道出姜太公实现抱负的转折点——"非熊兆"。

"偶应非熊兆，尊为帝者师"是家喻户晓的一个典故——姜太公遇周文王。这则故事，在《六韬·文师》中有记载，大致意思为，周文王将要前往渭水打猎，临行前卜了一卦，卜辞说："田于渭阳，将大得焉，非龙非彲，非虎非罴，兆得公侯。天遣汝师以之佐昌。"后来在渭水边，果然看见太公在垂钓，于是上前与太公搭话，太公以博学的言辞使文王大悦，于是邀请太公坐同一辆车回西岐，并拜太公为老师。姜太公与周文王的君臣之遇，是作者日思夜想的，怎能不引起作者怀才不遇的踌躇思绪呢？于是写下了千古绝叹："轩裳如固有，千载起人思。"

"轩裳如固有，千载起人思"，意思是姜太公建功立业如果是天命所定，引起了数千年后的"我"深深的思考。到这里，作者的意图已经很明显了：假如也和姜太公一样遇上一位明君，立下旷世之功，在数千年后，也会引起人们的深深思考。读诗至此，看作者，根本没有因为遇到挫折而放弃自己的远大志向，而是正在用适合中国历史的、淡如水的一种君子情怀，去洞悉中国人的"轩裳固有"。

在元明交替之际，刘基的诗文可谓是以意蕴深远而独树一帜，如果说刘基凄恻激愤、慷慨激越的经典作品主要集中在乐府的话，那么，类似五言律诗《题〈太公钓渭图〉》这样的写诗明志作品，便是刘基彻底醒悟，抛弃对元王朝的任何幻想，走上与姜太公一样动心忍性、观察风云生活的历史见证。

（原载于《延河》下半月刊2018年第1期）

丽江印象

潘海青

在岁末的时候，去丽江的玉龙雪山听雪落的声音，看那百年累积下来的钻石般的冰川，领略白水河一泓雪水汇流而下，会是何等惬意的事！因为工作机缘，我便得了这样一次机会，有幸在大理、丽江古城的街巷里寻找她为何屡屡出现在友人嘴中、文人笔下，众人皆极尽向往的原因。六天的行程，在导游的安排下虽然行色匆匆，但在亦步亦趋的旅程中，我始终有着将其汇集成文的强烈冲动。

虽然四千多米的海拔给人留下了一些不快的记忆，比如在丽江的古城中，你若一时贪恋美景，脚步稍快，便会有人出现这样那样不适的反应；高原下炙热的太阳和强烈的紫外线，往往让我们这些来自江浙一带的人适应不了；长久在此享受这种"高级日光浴"的姑娘们，脸上总有些"健康的高原红"，就像"青春美丽痘"，既然欲拒不得，那么就只能闭上眼睛享受，但当你满眼看到的都是此等曲高和寡的"美丽"时，心情总难免有些不快。但那景色的美丽却仍在心里无法抹去，就如在玉龙雪山上捧一抔雪，却不能阻止它迅速融化，而后进入你的身体。

行走在云南丽江的街巷中，我实在无法相信在祖国的西南边陲，竟有如此酷似江南水乡般细腻婉约的景致。虽然早先就听朋友说如果旅游，必定要选择云南的丽江，但想象中无非便是亚热带与热带交界特有气候培育出林林总总的植物，满眼无尽的又或者翠绿的植被与清澈的山泉交互掩映，而今真正行走在古城四方街的人群中才知道，那不过是把从电视等媒介中获得的关于西双版纳和九寨沟的印象张冠李戴了。那是怎样的一种情景呢？我们乘着汽车从大理经过楚雄上了去丽江的高速公路时，正好是西方的传统节日平安夜。夜色茫茫中，我一边给朋友发微信，一边张望路边的景色，发现元谋居然就在路边，着实是意外之喜。我虽爱好文学，但对中国古代史的掌握只是一些粗浅的死记硬背，如今在高速旁发现那块写着"人类发祥地——元谋"字样的广告时，我记忆中的历史知识瞬间立体起来，而印象中的云南也平添了很多历史韵味。

许是来前听了太多对丽江的赞美，在路牌的指引下，当车逐渐接近丽江时，心中竟生出与恋人约会般既渴望又心怯的情绪来，直到抵达丽江古城，这种情绪才在导游的话语中散去。下午六点左右，浙江本该已天黑，这里却如正午时分一样的通明。由于行程紧张，导游建议我们在入住的林家客栈放下行李后就去古城观景，再自行解散解决晚饭的问题。于是我们就在"逆水而行为出城，顺水而行为进城"的告诫下在城中游走。

林家客栈在离四方街不远的地方，是家极清爽、极古色古香的私人宅院式旅馆。客房面积不大，却都用木头建成，好像电视里常见的云南高脚楼。门外走廊也摆上树藤编织、玻璃为面的桌椅，桌子上还插着玫瑰花。出了客栈，走过架在只有七八十公分宽的水沟上的木质拱桥，所有的街巷一色的青石板。导游边走边说，告诉我们客栈附近的青石板是后来翻修加上的，在整体风格上尽量考虑了原有特色的协调统一，但新的毕竟是新的，虽然一律的清爽宜人，但走到四方街的街巷中，仍能感觉出其中的差别来。沿途我们还见到了云南十八怪之一的烤乳扇。而东巴文字和关门口，我想应该是值得着笔的地方，可惜我们只有一晚的时间欣赏这蕴藏着许多历史的风景。在街边的墙上我看到了这些仅存的"文字活化石"。据导游介绍，丽江城二十万纳西族人，认得东巴文字的仅十余人而已，连外国人都非常愿意投入精力研究，可惜国人却不知这中间的珍贵，言下不无遗憾。而关门口是木氏土司的官寨。据说早先云南纳西人都无姓氏。明洪武元年，当时的土司不远万里将缅玉、银器献给初登大宝的朱元璋，结果洪武帝龙颜大悦，将自己的姓氏去掉几个笔画，赐给献宝人"木"姓，并皆加官晋爵。这样数百年来，但凡在丽江的木姓人氏，俱为城内的官宦人家。

脑中还在历史上下五千年间绮想，不觉间已到了四方街，此处便是丽江古城的中心。在这里，街面的青石板已经是光秃秃的了，它是昔日盛极一时的茶马古道的最好见证。相传当年文成公主远嫁吐蕃，不仅给藏族带去了汉族的粮种，而且带去了茶叶等物品。藏族人从此喜欢上喝茶，但由于西藏独特的地理气候条件，只能用马匹、银器等与汉人进行贸易，由此便形成了举世闻名的茶马古道。丽江就是这当中重要的驿站。当年大大小小的马帮络绎不绝穿梭于此，听说在纳西语中，丽江有着另一个我不知道的名字，指的就是大驿站。多少年来，无数的滇马和无数具有滇马般韧劲的马帮，在崎岖泥泞甚至不能称之为路的山脉间奔波忙碌。他们在茶马古道的沿途驻足休憩，进行着物品的交易，同时也交流着不同民族、地区的文化。他们昔日的驻足之处，便形成了今日的一个个古镇、集市，而丽江应属这当中最美丽的一个。

在导游的提醒下，我们果然发现丽江如此美丽的城市居然没有城墙。导游说这是为了方便四方的马帮进出此处。古城人至今依然保留着每日冲洗街道的习惯，可惜行色匆匆，不得见此盛况，却也感觉到丽江这海纳百川的胸襟和气魄。当然这种气魄并不仅体现于此，也包括建筑和音乐。

丽江的建筑融会了纳西、藏、白、彝等多种民族的建筑特色，所以形成了丽江别具一格的建筑风格，即虽品类众多，但错落有致，绝无混杂，而又只此一家别无分号。说到丽江的音乐，主要是指名动天下的纳西古乐。

纳西古乐据说源远流长，又融会了道教音乐的空灵。在这钟灵毓秀的神奇之地诞生的音乐，又加上道教音乐的通明玄机，使纳西古乐既灵动又庄重，既激越又多变。如今在丽江城中，每晚演奏纳西古乐的表演团均为纳西族老年男子，他们或为老师、或为工人、或为农民，各异的人生经历和厚重的生活经验，又为如今的纳西古乐增添了几许沧桑之感。

　　四方街的周围聚集了丽江大部分的酒吧，每家的装修都费尽心思。看有关资料得知，丽江美丽的风景和舒缓宜人的生活环境，让许多喜欢旅行的外国旅客选择在此驻足停留。他们中的一些人甚至想在此终老，便在这里开酒吧。也有老板是港台地区的，所以酒吧的装修风格更为多元化。

（原载于《延河》下半月刊2016年第2期）

珊溪水畔（组诗）

王　婷

诗里梦外

总可以在诗里做梦
梦外的现实
总让人更爱写诗

写风写雾写花写水
世界很美
世界的确很美
不管是诗里还是梦外
加了一些人后
世界才变得复杂起来

融　入

她望了望
望了望
脚终于迈出

从这到那

就几步路

几乎数得清清楚楚

但

快到的时候

没人知道她心里有多高兴

她知道

第一步叫勇气

第二步叫自信

第三步叫争取

她新来的

她主动过去跟她们打招呼

不能跟别人说

二十四岁

还在夜里徘徊

睡不着

不能跟别人说

二十四岁

听着音乐还流泪

我想你

不能跟别人说

二十四岁

凌晨三点醒来

我需要一个拥抱

不能跟别人说

二十四岁

很想倾诉

不能跟你说

想　念

音乐巡回了三遍

我还是没有被催眠

单调的是节奏

不是困倦的步骤

记忆是挂在旷路上的一盏灯

越远越期盼碰见

在这个深色的静夜

我刚和你分道

就歇斯底里地寻找

珊溪水畔

——如果只是俯瞰，只能见到你的宽大

一

天时地利地
我们路过你身旁
假装失散已久
热情地靠近

但我们一定心虚
走近你的同时
你也不客气地逼近了我们
我们谈论着
仍重复几年前的过往
你拂一拂衣袖
我们谁的自圆其说
都踉跄地打着哆嗦

如能掬一把你的泪水
那天我们一定只远观

二

在星星和月亮都出嫁的时候
怎样度过一个个夜晚
你是否抬头仰望

是否沉默以对

在岸边我们数落礁石的时候

你说你心底有很多很多这样的石头

我们不信

当我们的手伸向水里

不得不惊地缩回

手心捧上来的

是一颗颗深秋的璀璨淋漓

三

在你的心里时常有一场暴风雪

旋转出蝴蝶与花瓣

假使有一个人在你心中投放一枚硬币

你是否接受意外的浪花

不需要留恋的，你从不争执

就像沉落湖底的小水珠

同化或异化

爱或不爱

在漫长的洗刷中

平静的去向

不被任何人改变与同化

对自己唯一的坚持

是放纵自己的冷冽

大江东去

（原载于《青年文学》2011年第18期）

诗五首

王国侧

兰溪送马叙至乐清

"从一个晴朗的地方到一个下雨的地方，
实际上只需要一次短暂的睡眠。"

兰在雾里，芭蕉在雨中
兄弟，上午十点一刻的这场雨
再次令人失望，脚下的流水
不会再次让我们回到秧田里
回到我们失去的彼岸，钱塘江的源头

你低头坐进车子的身影
让我想起了古代友人江边送别
无言探向水面的沉默

水到兰溪，三江汇流，悄然合一
有如人的中年，低缓，宽阔，内心宁静
月夜漫步，中流击水，西门的桃花正好
今天第一班的汽车，或者最早的轮渡

也赶不上昨晚江边灯火中的盛宴

风很轻，日子会越来越平淡
一滴水不能和一条鱼在同一个地方再次相遇
江的对岸，有人故意用古琴弹奏流水
小城故事，一次又一次重复那相同的别离
孤独的水流过一条兰溪，你又为何行色匆忙
于是寂寞滚滚流淌……

兄弟，兰溪，钱塘江的中游水系
各种各样的人行走在地上，没有人叫得出名字
命运如水，谁能准确预测自己未来的流向
这是一条别人的江，有人在上游点灯
以心为界，明天是谷雨，我也将启程
回到包山底。只是，我不知道今夜的江水
会在何时把我喊醒

（原载于《青春》2017年第6期）

海边书

我闲居已久
整日无所事事
如果你也有空
请来跟我一起去海边走走

酒只够两个人喝，人多了不行
明月还剩许多，只管拿去，只是天
在海边暗得越来越早了

我不是来度假的
我对孤独深度过敏
一有风吹草动，我都深感不安
房门没有上锁，你推进去就是

昨夜桃花盛开，山行海宿
醒来发现又是做梦，细水长流
以梦为马，大家都赶不上过去
人生有如候鸟，爱自己就是爱他人

我懒得出门，已无天命之忧
没有为什么，海水枯竭的时候
地球也会自转，写诗是无用的
爱就深爱，沧海一粟，水就是火
我从没有过逐鹿中原的野心
我只珍惜眼前，我爱的和爱我的人

（原载于《青年文学家》2018年第31期）

安魂曲

雨下了一夜
已淋不湿他

某某，某某某
墓碑上
有些名字开始模糊

他曾经在我们中间
他应该是个好人
不知道活得好不好

在生前
他可能胆小
他或许晕血
他甚至恐高

现在他不怕人评说
活着的功过
只是踩死一只蚂蚁
他肯定也有过爱情

和亲人们一起
埋骨青山

他没有恨

眼睛闭上的时候

他宽恕了这个世界

（原载于《台港文学选刊》2018年第1期）

我出生在一个叫包山底的地方

我的包山底很小，小如一粒稻谷

一粒小麦、一颗土豆

躺卧在我灵魂的版图上

我用思念的放大镜，把这一粒乡愁

放大成九百六十万平方公里的热爱

我的血液、火、热情、痛苦

心灵、灾难、命运

都来自包山底这个地方

我不逃避，反而愿意承担

那血液中的火，骨头里结晶的痛苦

一个湿漉漉的人，不怕爱上饱含雨水的白云

我的宿命如露水，哪怕再短暂

我也不离开包山底，这个浙江南部的小山村

如果让我说出对包山底更深的爱

我会好好伺候她，像一个苍老的儿子

为更苍老的娘亲养老送终

我搀着她，做她手中的拐杖

成为她凋谢的身体里，那发芽的骨头

（原载于《诗刊》2010年第20期）

我是爱你的一个傻子，包山底

我不用任何技巧，也不用任何

修饰，我喜欢用

傻子那样的眼神，目不转睛

痴痴地看你

我的喉咙里含着沙土

我的舌尖上着火，我要把你每一颗

高粱中的血液喊得沸腾

我用脏手擦了擦自己的脏嘴巴

把命运中唯一的口粮捧给你

总之，你比你的傻儿子古老、忧伤

但我必须死在你前头

我倒在你怀里时，傻乎乎，痴呆呆

可能喊你母亲，也可能喊你父亲

我就是爱你的一个傻子，包山底

一颗心在纸上用大白话

告诉我所有的亲人，朋友

同事，甚至陌生人

告诉我的未知的女儿

如果可能

我还愿意告诉我的子子孙孙

请你在无边的岁月中珍藏

一个傻子内心的黄金

（原载于《人民文学》2010年第12期）

停下来等一盏前行的灯（组诗）

王美伟

铃 兰

窗台上，你就这么安静，这么优雅
唯有芬芳，阳光微笑

沉迷于你，早晚如此
曾一时冲动，一时痴迷
为你书写，为你狂歌，银铃般的笑声
卷走一切忧伤

野菊花

春天的山坡，是美人的卧姿
每天变化着衣裳，梳理着长长的黑发
别上彩蝶，插上花簪

花仙子，给自己取个名字
山野的倾国倾城

每片花瓣上，都写着一个精彩故事

化雨春风

红花绿草在发光，还有飘逸的河
诗情画意，陶醉很多人
写生，拍照，踏青
悠闲的生活，高雅的情调，成为浪漫

两只彩蝶翩飞，情投意合
旋转于云水间，一个春天的故事
酝酿着一场忠贞的爱情
天感动，地感动
铺着一千里的鲜花

秦溪河畔

一条溪流，流传着一段故事
千年的心事写在河畔上
随着青草，与四季对话

人面桃花映红一卷诗书
不可触摸的情感疯长，等待幸福的考验
缠绵的风景，等待水月相邀

朗　月

一缕情丝，一帘幽梦，如诗一样美丽
请筑起我们的信念
将希望奏成一首百折不挠的歌

从大地母亲的心房开始吟唱
直至大漠边缘，直至最后的银辉褪尽
一片热情的土地，玉树临风

（原载于《青年文学》2011年第22期）

我想这样嫁接深情（外二首）

王微微

据说，企业女职工五十岁退休
我掰着指头数了数，好像剩下没几年
我不是高兴，我是有点小小的忧伤
在人们忙着办理内退早退各种退的时候
我想再上几年班

我的工作远离黑暗，与人类的光明有关
我的办公地点叫远方，远方依山傍水
葡萄，杨梅，枇杷，桃子，李子，柚子
石榴，樱桃，猕猴桃……
从进山的路上远远的地方，便排好列队

有一副网，只等停机的时候放下尾水
与鱼儿虾儿争个网破，桌上野味鲜美
同事们自己制作的美酒
有一个美丽的名字——美人琼
嘴唇轻轻碰一碰，便钻进心窝里

山水快意，自然亲切，深情缘起

于是，退休前的几年

我决定动手装修老家老房子

老屋空灵，一样依山傍水，离远方很近

不用修山，不用蓄水，只要

搬一屋书，焚一支香，煮一壶茶

种一堆花，养一些美味

然后，再把深情嫁接……

我回来了

风儿扯起白色的裙摆，向我飞奔而来

桃花的脸上，挂着喜极而泣的眼泪

蜘蛛收拾行囊，卷起它的金丝银线

小蚂蚁正在搬运食物，它们一定是在

为我腾挪空间

尘埃们手拉着手，坐也不是站也不是

左右上下，欢呼雀跃

喜悦紧张得不知道自己该往哪里去

苔藓从墙缝里钻出头来

还用先前一样的态度与我打着亲昵的招呼

我的父亲，一直站在墙上

从早上到晚上，一直冲着我笑

我也笑，不停地笑，可是我又想哭

我离开他们太久了，我的内心已空缺一片
我知道他们想我了，就像我想他们一样
我决定从今天开始在这里住下来
我请小尘埃们落定，请蜘蛛蚂蚁留下来
我想邀请它们和我一起，缝补这片空白

骨头里开出了一朵忧伤

像被有毒的蜜蜂叮了一下
像木鱼越敲越快，搅动山寺的清幽
像窗外的那一只蛾，向着光明勇往直前
迸发粉身碎骨的勇气
拿笔来
拿纸来
拿酒来
拿铲子来
真不行的话，给我拿点颜料吧
趁着酒意，趁着月色，趁着此刻夜深无人
把黑夜涂成白天，把冷色涂成暖色
把耷拉着脑袋的向日葵涂得再黄再烈一点
把挂在睫毛上的那一滴
涂成空山雨后的那一朵，不突兀
与自然浑成，不被陌生人发现

（原载于《诗歌月刊》2018年12期）

春天最先来到百丈漈

余晨芳

春天最先来到百丈漈
无数个云萦雾绕的早晨
从天上飞落而下的
每一卷珠帘
将自己织成彩虹
兜住行者的目光

诗人们用双脚丈量
每一寸春光
用强硬的钢笔写下
柔软的文字

我忍不住想要
在这山林盖一间房
听一听水花高歌的
时代强音
感受风
从身体穿过
瀑布于两山之间

唤醒我的灵魂

你对城市生活早已厌倦
不妨来这片山林独处
在瀑布的花洒下禅思
找寻人生的每一个出口
就好比我曾追问
把一首小诗糅进春天
会开出怎样的花

春天为何
最先来到百丈漈
就好比诗人为何
最先
握住句子

（原载于《江南》2016年增刊）

小寒微睡（外一首）

周光禹

我安静地躺在女儿的刘海下

就像五年前的她安静地躺在我怀里

女儿哼起一首明朗的歌

温暖着走不远的时光

缓缓前行，譬如冬季

开始浸染目光所及的山

直到浓成一团墨又被风吹开

一个轮廓套着另一个轮廓

模糊成北方，一只电掣的鹰

隐约如我未写完的诗

在斜阳的阴影里微微冒着寒气

我停下笔，生怕惊醒沉睡的精灵

免得在陌生的眼窝里惭愧

辜负青春一样辜负安静

冬 至

冰凌是寒冬里的獠牙

像一条过于严肃的狗

看护整座山林

盯住走动的每一滴水

每一个树影

每一声鸦鸣

对于不顺眼的一切报以冷光

我无动于衷

一只疯蜗牛过早地醒来

选择在最长的夜里爬行

留下一条冰冻的河流

死或不死都无关紧要

让人另眼相看吧

原本打算在果实归根前

将家藏起，过个暖冬

如今只能安慰别人

明天的太阳将会多些

（原载于《延河》下半月刊2018年第1期）

可怜的星球（外二首）

周怀春

有颗星球
在我出生前已经孤独地存在了亿万年
冷光闪烁

这颗星球
在我消亡之后
还要孤独地存在亿万年
冷光闪烁

茫茫的宇宙
星星间的距离要用光年来计算
心灵，比光年更辽寂的时空

一个人的日子

你在家吗
在家就好，家是最安全的地方

把自己锁在家里

一个人喝酒

偶尔看看新闻看看电视剧

睡意袭来

就把头埋在胸间

小睡片刻

梦里头

把种子撒向大地

把鸟儿放飞天空

长　梦

亲人远去

家远去

村庄远去

一个人，一个人

被遗弃在这个星球

寂静在不断扩散

在不断包围

花开，草长，雪落

都是无声的世界，都是孤单的心灵

需要一场长梦

穿越岁月，穿越时光，穿越星系

找回失去的

亲人，家园，村庄

在另一个亿万光年之外的地方

（原载于《延河》下半月刊2018年第1期）

诗歌二首

周春炫

远方的人

多远，谁有心去测量
汽车送不到的地方
火车日夜兼程穿不过无形幕布
飞机又怎样，天空写满绝望

指尖是多情的
它在坚持命运埋下的考验
五十公尺！彼岸花红柳绿
它在桌上跳舞
影子下竖立一个标牌

它在推翻电子的流光
夺取爱的伤害
"如此你可以安心面对，不是
奇怪地盯着虚无的空白"

坐在身边，你的笑

失去现实浇灌，没有营养
那里一团空气
那只猫找不到归家的路

一朵花老去

一朵花收拢美丽
伏在地平线上
星星满天，一朵花
很平静

一朵花点上灯
整理过去，爱与恨
泥土肥和贫，水分数量
蜂蝶串门的闲言碎语
重笔记一下风雨

一朵花
月光中收起通往外界的路
花蕊打开，轻点收获与失败
自述秋天的形态

一朵花
夜色中渐渐老去

（原载于《江南》2016年增刊）

骨鲠在喉的老家（组诗）

蓬蒿人

搁　浅

茫茫雾海之中
老家
像一帆破败的木船
我小心地驾驶着它
向远方出发

却在
母亲的白发中
搁浅

赝　品

我是佛的赝品
宛若莲花
长在花瓶

我给自己点燃香烟
因为冷冷的清寂

我是树的赝品
春不开花
秋不挂果

我给自己浇灌烈酒
为了迎风啸歌

我是你的赝品
你为什么
却在泪水里
把它牢牢抓紧

倾圮的泥墙屋

芭蕉早已憔悴
而泥巴依旧在巴望

炊烟依稀袅袅在天
蓬蒿青青在野

谁泪眼婆娑着曾经的青春

一路蹒跚着缤纷

朝圣不悔的沧桑

（原载于《江南》2016年增刊）

诗歌二首

潘海青

夏天也许就是这满片的野草

我从来没有见过这样的景色

一大片不知名的野草沿着河边奔跑

野菊花和小树高举着手

除了灰与白，你甚至可以看到它们体内

燃烧的渴望

夏天也许就是这满片的野草

如此任性

如此疯狂

很像二十年前的样子，给这个热烈的人间

绘出无尽的遐想

请原谅我是个懒惰的人

我只在迷途时张望这片苍茫

——在野草的后面

除了一颗起伏的童心

只有那只小小的蝴蝶

云雾中，多么张扬

（原载于《诗歌月刊》2007年第6期）

麦芒之刺

麦芒将针尖对外
从青涩到金黄

"你不怕扎吗？"
你懂它的刺吗？
懂它的伤吗？
懂它的疼吗？"
脱口而出时
有温柔在十亩之间

一些事物似是而非
谁看到麦子内心的渴望
风儿吹着它的时候
大片光阴簌簌而下

人间最温暖的事情
莫过于
阳光洒在地上
麦芒
从青涩到金黄

（原载于《中国诗歌地理》2017年10月）

古体诗四首

王美伟

仙 境

烟波岂问津，柳线钓清粼。

悦耳箫催曲，闻香蕊候人。

苍苔迷远径，流霭涤闲身。

久避喧嚣市，林泉酒自醇。

游铜铃山

相约游冬去，欢声透野中。

拾阶登险径，垂瀑入双瞳。

贯耳旋音急，飞珠落地红。

感言宣肺腑，雅韵对山空。

茶园情歌

谁遣东风送万家，满山染翠竟芳华。

含柔绽笑园中女，戴笠遮阳枝上芽。

一树春情勤采摘，千行新叶快攀爬。

层层绿浪牵红线，细看幽泉映彩霞。

曲院风荷

水面花铺十里红，一舟撞破满湖风。

隔桥飘过收莲曲，疑有佳人在此中。

（原载于《江南》2016年增刊）

诗三首

王商杰

老 屋

苔阶踏上觉生寒，花落空庭一地残。

木格花窗谁手刻，弦琴锦瑟几时弹。

葵斜占灶鸡爬瓦，风冷吹衣客拍栏。

官屋绅家吾不问，百年井外杏梅酸。

（原载于《星星诗词》2017年第3期）

登 高

登高未觉老来疏，俯瞰寒渊心不虚。

断涧忽飞山鸟疾，虬松时拂谷风徐。

回声崖上空无雁，落叶阶前喜有余。

坐向孤亭云做伴，悠然与菊话当初。

（原载于《星星诗词》2017年第4期）

十源山头坪雪梨基地

莫叹花疏到访迟，淡妆如雪半横枝。

稍嫌寂冷看犹醉，恐遇繁华失自持。

千亩白云生绮梦，一山春讯赋佳诗。

蝶飞蜂唱东风暖，乡韵梨歌入鼓词。

（原载于《中华诗词》2018年第5期）

清平乐·秋情绪（外一阕）

叶秋文

几番风雨，添却秋情绪。坐对楼前青桂树，隐隐暗香无数。
又是只影窗前，此时恰似昨天。多少好花良月，今来尽付孤单。

相思引·秋思

淡风轻，云影近。天水清清相吻。烟染晴川蛩唱隐，绿与黄花衬。
重九又将秋写韵。孤枕寂寥当悃。诗笔蹙眉千万晕，调个相思引。

（原载于《中华诗词》总第212期）

诗迷（外二首）

吴信法

手持锅铲口吟诗，难抑心离捕韵时。

酸醋误为香酱入，咸盐当作味精施。

釜中干水竟无觉，菜已成焦方得知。

诉及缘由盈桌笑，笑余今世一骚痴。

游红枫古道

张口吟诗逸兴长，词词句句内藏香。

抬头望尽秋山景，一片丹枫映夕阳。

母 鸡

华冠不戴简穿衣，陌室柴房亦愿栖。

累月长年唯贡献，从来谦逊不高啼。

（原载于《江南》2016年增刊）

诗二首

沈学斌

老家成空村有感

岁月浮云染鬓斜，重回故里忆繁华。

春秋两熟千仓谷，耕读双丰百姓家。

巷静栈深宜酒肆，地肥水美足桑麻。

可怜此处今无主，唯剩空林噪暮鸦。

（原载于《中华诗词》2018年第3期）

夜 读

惜得光阴苦读书，浊清自判不糊涂。

孤灯常伴窗前月，骊句新添海底珠。

唯恐吟声惊宿鸟，休愁寒气损残驱。

有心阅遍千秋史，无意题名入帝都。

（原载于《星星诗词》2018年第3期）

诗词三首

张玉斋

忆江南·文成

江南好，浙江有文成。春日香茶铺彩锦，秋来柑橘亮金橙。最宜送人情。

百丈瀑布

瀑布挂长空，传声入耳中。
心存余志去，但留雾蒙蒙。

满庭芳·村居好

鸡唱栖埘，星沉月落，曙色初上窗帘，黎明灯点，户户起炊烟。独自开门远望，朝霞外，红日一圆。庭院里，温馨处处，笑语漫花前。山居，临秀水，勤劳和睦，甘守清寒。是余膝下好，倍感甘甜。晚岁已无牵挂，高邻近，更觉心安，长歌唱，知足常乐。米饭菜一盘。

（原载于《江南》2016年增刊）

观石龟

周春炫

何情造化遣生缘，跌落仙龟溪涧眠。
饮尽凡尘甘苦水，初心守固最贞坚。

（原载于《星星诗词》2018年第2期）

诗二首

郑杨松

游中华第一瀑文成百丈漈

飞流百丈振龙威，山影波光接翠微。

红日何来风飒飒，蓝天偏有雨霏霏。

冲天水气腾烟起，击壁银花挟浪飞。

入谷穿山成壮势，游人到此不思归。

（原载于《星星诗词》2018第1期）

大山里的留守老农

年老守乡关，家穷不得闲。

儿多空架势，钱少苦连环。

种地无薪水，分红没靠山。

只求衣食足，收入未流间。

（原载于《星星诗词》2018年第3期）

芒 种

胡 斌

雨过天晴正适宜，乡村此日有新姿。

时闻北垄人头动，频见南冈脚步移。

墙外生机明远近，篱边寄影尚参差。

我今撒下相思豆，也盼秋来压满枝。

（原载于《星星诗词》2018年第3期）

词五阕

徐 清

长相思 · 夜游飞云湖

山也奇，水也奇，十里烟波映翠微。流莺戴月飞。

景离迷，人离迷，两岸松涛穿绿堤。扁舟携露归。

风入松 · 观百丈飞瀑

暮春观瀑趁新晴，未近已心惊。啸天撼地出天际，势千钧、飞泻雷鸣。临锐万松斜倚，涉威千仞崩倾。

莹珠银露也多情，飘洒过石亭。飞虹七彩镶青翠，壁生辉、如缎如绫。壮丽他山不再，清凉秀水还生。

踏歌词 · 净因寺

古寺依溪岸，朱阁隐翠青。山门生紫气，香客满门庭。临晚木鱼声，月下最分明。

阳关曲·游铜铃山小瑶池

一池清澈落岭头，翠柳苍松锁暮秋。未知绿水发何处，搜遍周遭无细流。

八拍蛮·九峰观冰瀑

腊月遣怀临九峰，峭崖绝壁跃白龙。映日成辉光炫目，惊疑误入水晶宫。

（原载于《江南》2016年增刊）

美村一角

翁仞袍

老板车来回老家，老夫陋室始租赊。

架书展馆村民读，挂画沿墙游客夸。

农圃清幽聊种菊，草亭雅致漫烹茶。

行人接踵月初起，一鉴方塘开藕花。

（原载于《星星诗词》2018年第1期）

诗 思

廖振南

山头四顾觅飞踪，一片游思绕碧空。

将晚不知秋色近，笛声吹得叶绯红。

（原载于《中华诗词》2018年第7期）

后 记

2019年，恰逢中华人民共和国成立七十周年。为了展示新中国成立以来文成文学的创作成果，让人品读文成诗文，议论文成世事，文成县作家协会决定出版《文成文学》。

2019年2月，雷克丑发起了出版《文成文学》的倡议。3月，县作家协会向文成县文化精品创作评审委员会申报"2019年度重点题材（活动）资助项目"，并于12月顺利通过项目评审。

4月，开始向社会征集新中国成立以来的文成籍作者创作的在省级及省级以上期刊、报纸等公开发表的文学作品。截至10月，共收到四十三位作者在《人民文学》《诗刊》《青年文学》《天津文学》《江南》《安徽文学》《西湖》《中华诗词》《星星》《中国文化报》等四十六种刊物上发表的作品一百七十六篇（首），其中小说十六篇、散文四十七篇、现代诗歌六十九首、古体诗词四十四首。

限于篇幅、经费等诸多因素的制约，经过两个月的酌情与筛选，本书收录了四十位作者的六篇小说、十八篇散文、三十一首现代诗歌、二十八首古体诗词。收入本书的诗文，虽算不上名篇佳作，却也是一县之文学现象，值得读者品味和阅读。

2020年3月，为使《文成文学》成为五年一集的文学辑刊，经研究决定在原书名"文成文学"后加上出版年份作为书名全称，即《文成文学（2020卷）》。同时，将书稿交阳光出版社编辑出版。

在出版的过程中，陈挺巧先生不辞辛苦，认真审阅书稿，又欣然作序。

最后，谨向所有支持本书编辑出版的各位领导、作者及出版社的责任编辑等致以诚挚的谢意，欢迎读者对本书的疏误给予批评和指正。

编　者

2020年5月20日